느릅나무 아래 욕망

느릅나무 아래 욕망
Desire Under the Elms

유진 오닐 희곡　손동호 옮김

DESIRE UNDER THE ELMS
by EUGENE GLADSTONE O'NEILL (1924)

이 책은 실로 꿰매어 제본하는 정통적인 사철 방식으로 만들어졌습니다.
사철 방식으로 제본된 책은 오랫동안 보관해도 손상되지 않습니다.

제1막

7

제2막

53

제3막

91

역자 해설
인간의 욕망, 그 어두운 그늘을 탐구하다

135

유진 오닐 연보

151

등장인물

이프리엄 캐벗
시미언
피터
에벤
애비 퍼트넘
악사, 젊은 처녀, 남자, 여자, 늙은 농부,
젊은 남녀들과 농부들
보안관, 보안관의 부하들

무대

제1막 초여름
제2막 두 달 후 어느 일요일
제3막 이듬해 늦봄

제1막

제1장

 농가의 외부. 1850년 초여름 어느 날 해 질 무렵. 바람도 없고 모든 것이 고요하다. 지붕 위 하늘은 짙은 빛깔들로 뒤덮여 있고, 느릅나무의 신록은 붉은 햇살에 빛나지만, 그 그늘이 드리운 농가는 희미하고 빛바랜 대조적인 모습을 띠고 있다.

 농가의 남쪽 부분이 전방을 향하고 있고 그 앞으로 돌담이 둘러져 있다. 돌담 중앙에는 나무 문이 열린 채로 있는데 문밖은 시골길로 이어진다. 집은 꽤 좋은 상태를 유지하고 있지만 페인트칠은 새로 할 필요가 있어 보인다. 벽은 흐릿해진 잿빛이고 녹색의 셔터들도 색이 바랬다. 집 양쪽에는 거대한 두 그루의 느릅나무가 서 있는데 축 늘어진 가지들이 지붕 위로 휘어져 내려와 있다. 그것들은 이 집을 보호하려는 것 같지만 동시에 정복하려는 것처럼 보이기도 한다. 그 모습에서 무언가 질투에 사로잡혀 부숴 버릴 듯한 사악한 모성이 느껴진다. 이 느릅나무들은 집안사람들의 삶과 친밀한 접촉으로 인해 섬뜩한 인간적인 분위기를 풍기면서 집을 짓누를 듯 덮고 있다. 그 모양새가 마치 지친 여인의 축 늘어진 가슴과 손, 머리카락을 지붕 위에 올려놓은 것처럼 보인다. 비가 오면 그들의 눈물은 단조롭게 뚝뚝 떨어져 지붕 판자 위에서 썩는다.

　대문으로부터 난 작은 길이 집의 오른쪽 모퉁이를 돌아 현관으로 통한다. 현관문 앞쪽에 좁은 포치가 있고 객석을 향해 있는 벽면 2층에는 두 개의 창문이, 아래층에는 더 큰 창문 두 개가 나 있다. 위층의 두 창은 각각 아버지와 형제들의 침실이고 아래층의 왼쪽은 부엌, 오른쪽은 큰방인데 창에는 언제나 차양이 내려져 있다. 현관문이 열리고 에벤 캐벗이 나와 포치 끝에서 오른쪽 길을 내려다보며 서 있다. 손에 든 큰 종을 기계적으로 흔드는데 귀청이 떨어질 듯한 시끄러운 소리다. 그런 후에 두 손을 허리에 짚고 하늘을 올려다보며 어떤 경외감에 사로잡힌 듯 한숨을 쉬고 감탄사를 내뱉는다.

에벤　아! 참 예쁘다! (시선을 떨어뜨리고 눈살을 찌푸리며 주위를 둘러본다. 그는 스물다섯 살로 키가 크고 몸집이 건장하다. 단정하고 잘생겼지만 표정은 화난 듯하고 방어적인 인상을 준다. 도전적인 검은 눈은 사로잡힌 맹수의 눈을 연상시킨다. 하루하루를 자신이 갇혀 있는 감옥인 듯 느끼지만 마음속으로는 그런 생각에 정복당하지 않고 있다. 그에게는 지독하게 억압당한 생명력이 감돈다. 검은 머리에 콧수염이 있고 곱슬곱슬한 턱수염도 옅게 나 있다. 투박한 농부 옷을 입었다. 그는 더럽다는 듯이 땅에 침을 뱉고 돌아서서 집 안으로 들어간다. 시미언과 피터가 밭일을 끝내고 돌아온다. 둘 다 키가 크고 이복동생 에벤보다 훨씬 나이가 많다 ― 시미언은 서른아홉, 피터는 서른일곱이다. 에벤보다 더 각진 체격에 더 평범한 형이고 살도 약간 더 찐 편이며, 더 둔하고 촌스러운 얼굴이지만 약삭빠르고 노련해 보인다. 오랫동안의 농사일로 인해 어깨가 좀 굽었다. 흙 범벅이 된 부츠를 신고 터벅터벅 무거운 발걸음을 옮긴다. 그들의 옷과 얼굴, 손, 드러난 팔과 목에도 흙이 묻어 있다. 그들에게서 흙냄새가 풍긴다. 마치 같은 충동이라도 느낀 듯 둘은 집 앞에서 괭이에 기대선 채 한동안 잠자코 하늘을 올려다본다. 그들의 얼굴에는 강인한 불굴의 표정이 나타나지만 하늘을 보면서 누그러진다)

시미언 (마지못해) 예쁘다!

피터 그래.

시미언 (갑자기) 18년 전이야.

피터 뭐가?

시미언 젠. 내 마누라. 그때 죽었잖아.

피터 난 다 잊고 있었는데.

시미언 가끔 생각이 나더라고. 그럴 때면 쓸쓸해져. 머리채가 말꼬리마냥 길었는데 — 황금처럼 노란색이었지!

피터 어차피 이제 없잖아. (무관심하게 말을 자르고 잠시 후) 금은 서부에 있지, 형.

시미언 (여전히 낙조에 정신이 팔린 채 멍하니) 하늘에?

피터 뭐 — 말하자면 — 거기엔 희망이 있다는 거지. (흥분해서) 하늘에 — 서부에 — 골든 게이트 — 캘리포니아! 금이 지천에 널린 서부! 황금의 땅!

시미언 (이번엔 자신이 흥분해서) 누군가 주워 갈 기다리는 행운이 땅 위에 막 널려 있을 거야! 사람들은 〈솔로몬의 광산〉이라고 하지! (잠시 두 형제는 하늘을 계속 쳐다본다. 그러다가 곧 눈길을 아래로 돌린다)

피터 (냉소적으로 비꼬면서) 이곳은 — 땅 위에 돌 천지고 — 돌 위에 또 돌이고 — 한 해, 또 한 해 돌담을 쌓지. 아버지나 형이나 나나 또 에벤이나 — 아버지를 위해 우리를 가둘 돌담을 쌓고 있어!

시미언 우리는 여태껏 죽어라 일만 해왔어. 땅이나 갈고 — (반항적으로 발을 구르며) 빌어먹을 — 아버지의 농작물을 위해 흙일을 해왔다고! (사이) 뭐, 어쨌든 여기선 농사가 수지맞는 일이니까.

피터 만약 우리가 캘리포니아에서 이만큼 밭을 갈았으면 밭고랑에서 황금이 쏟아져 나왔을 거야.

시미언 캘리포니아는 지구 반대편이야. 잘 따져 봐야

겠지 ─

피터 (잠시 후) 여기서 우리의 땀으로 일군 것들을 포기하는 건 내게도 쉽지 않은 일이야. (사이. 에벤이 식당 창문으로 고개를 내민 채 듣고 있다)

시미언 그래. (사이) 아버지는 곧 죽겠지.

피터 (애매하게) 그럴지도.

시미언 어쩌면 ─ 벌써 죽었을지도 모르지.

피터 증거 있어?

시미언 집 떠난 지 두 달이나 됐는데 아무런 소식도 없잖아.

피터 우리를 밭에다 내팽개쳐 놓고 떠난 날도 오늘 같은 이런 저녁이었어. 마차에다 말을 매달고 서쪽으로 몰고 갔잖아. 아무래도 이상해. 30년이 넘도록 농장을 떠난 적이 없었는데. 마을에 가는 일 외에는. 에벤의 엄마와 결혼한 후에는 그조차 안 했지만. (사이. 약 삭빠르게) 법원에서 아버지가 미쳤다고 믿게 만들 방법은 없을까?

시미언 법원마저 능숙하게 속였잖아. 누구한테도 져본 적이 없어. 아버지가 미쳤다는 걸 그들은 절대로 안 믿을 거야. (사이) 그가 땅에 묻힐 때까지 기다리는 수밖에 없어.

에벤 (빈정대듯 낄낄거리며) 그대의 아버지를 존경할지어다. (형들이 깜짝 놀라 돌아서서 그를 쳐다본다. 에벤은 씩 웃은 뒤 얼굴을 찌푸린다) 나도 그가 죽길 바라고 있지. (형들이 그를 응시한다. 에벤은 무미건조하게 계속한다) 저녁밥 다 됐어.

시미언, 피터 (동시에) 아, 그래.

에벤 (하늘을 올려다보며) 해 지는 게 곱네.

시미언, 피터 (손가락으로 가리키며) 그래, 서쪽에는 금이 있거든.

에벤 그래. (똑같이 손가락으로 가리키며) 저기 목장이 있는 언덕 꼭대기 말이지?

시미언, 피터 (동시에) 캘리포니아에 말이야!

에벤 그래? (잠시 형들을 무심하게 바라보고 나서 천천히) 뭐 아무튼, 저녁밥이 식겠어. (돌아서서 부엌으로 들어간다)

시미언 (움찔하며 입맛을 다신다) 배고프다!

에벤 (냄새를 맡으며) 베이컨 냄새가 나네!

시미언 (시장기를 느끼며) 베이컨 좋지!

피터 (같은 어조로) 베이컨이 딱 좋지! (그들은 돌아서서 서로 어깨를 밀며 몸을 부딪치고 비비면서 먹을 것을 향해 서둘러 간다. 마치 사이좋은 두 마리 황소가 저녁 먹이를 향해 덤벼드는 모습 같다. 그들은 집 오른쪽 모퉁이를 돌아 사라진다. 문으로 들어가는 소리가 들린다)

막이 내린다.

제2장

석양이 희미해지면서 어둠이 깔리기 시작한다. 이번에는 부엌 내부가 보인다. 중앙에 소나무로 된 탁자가 있고, 무대 오른쪽 뒤편 구석에는 취사용 스토브와 투박한 나무 의자 네 개가, 탁자 위에는 수지 양초가 있다. 무대 뒷벽 한가운데에는 큰 광고 포스터가 한 장 붙어 있는데, 돛을 모두 활짝 올리고 가는 배의 그림과 〈캘리포니아〉라는 문구가 큰 글씨로 박혀 있다. 주방 기구들은 못에 걸려 매달려 있다. 모든 것이 깔끔하게 잘 정돈되어 있지만 그 분위기는 가정적이라기보다 남자들의 캠프 생활을 연상시킨다.

세 사람을 위한 자리가 마련되어 있다. 에벤은 스토브에서 삶은 감자와 베이컨을 집어 식탁 위에 놓는다. 그리고 빵 한 덩어리와 물 한 항아리도 갖다 놓는다. 시미언과 피터가 서로 어깨를 밀며 들어와 말없이 자리에 털썩 주저앉는다. 에벤도 그들과 합석한다. 한동안 세 형제는 묵묵히 식사를 한다. 두 형은 들짐승처럼 게걸스레 먹어 대지만 에벤은 식욕 없이 음식을 건드리다가 불쾌감을 억누르며 형들을 흘끗 쳐다본다.

시미언 (갑자기 에벤을 돌아보며) 이봐 에벤, 너 그런 말 하는 거 아냐.

피터 맞아, 그러면 안 되지.

에벤 뭐가?

시미언 아버지가 죽었으면 좋겠다고 빌었잖아.

에벤 글쎄, 형은 안 비나? (사이)

피터 그래도 우리 아버지잖아.

에벤 (거칠게) 내 아버지는 아니야!

시미언 (냉정하게) 네 엄마한테 누가 그런 말을 하면 가만히 안 있을 거면서! 하! (갑자기 빈정대는 듯한 웃음을 터뜨린다. 피터도 씩 웃는다)

에벤 (새파랗게 질려서) 내 말은 — 난 그 사람 자식이 아니라는 — 난 그 사람이랑 닮은 데도 없고 — 그 역시 나랑은 딴판이야!

피터 (냉담하게) 아버지 나이가 될 때까지 한번 기다려 봐.

에벤 (감정이 격해져서) 난 어머니 자식이야 — 피 한 방울 한 방울까지 모두 다! (사이. 형들은 무심한 호기심으로 동생을 쳐다본다)

피터 (회상하면서) 네 엄마는 우리한테 잘해 줬지. 좋은 계모란 참 드문데.

시미언 누구한테나 잘했지.

에벤 (크게 감격해서 일어나 형들에게 차례로 어색한 절을 한다. 더듬거리며) 형들 고마워. 난 그분의 ― 그분의 상속자야. (혼란스러워하며 자리에 앉는다)

피터 (잠시 후 재판관처럼) 그분은 아버지한테도 잘했어.

에벤 (격분하여) 그 대가로 아버지는 어머닐 죽게 만들었지.

시미언 (잠시 후) 아무도 누굴 죽이거나 하진 않아. 항상 뭔가 다른 게 있는 거지. 그게 살인을 하는 거야.

에벤 아버지가 어머닐 죽도록 부려 먹은 게 아니라고?

피터 아버지 자신도 죽도록 일하잖아. 형도, 나도, 너도, 죽도록 노예처럼 부려 먹고. 단지 우리 중 아무도 죽지 않았을 뿐이지 ― 아직까지는.

시미언 무언가가 그를 조종해서 우리를 부려 먹게 만들고 있어.

에벤 (복수심에 불타서) 어쨌든 ― 그를 재판에 회부할 거야. (그러고는 경멸하듯) 다른 무언가가 있다고? 그게 뭔데?

시미언 몰라.

에벤 (비꼬며) 형들을 캘리포니아에 미치게 만든 건 뭐지? (형들이 놀라 그를 쳐다본다) 아, 나 형들이 하는 말 다 들었어. (잠시 후) 하지만 형들은 절대 금광 지역에

못 갈설!

피터 (단호하게) 갈 수 있어!

에벤 돈이 어디서 나서?

피터 걸어서 갈 수 있어. 캘리포니아가 멀긴 하지만 — 우리가 이 농장 끝에서 끝까지 걸어다녔던 걸음을 다 합치면 달나라에도 갔을 거야.

에벤 황야에서 인디언들이 형들 머리 가죽을 벗길지도 몰라.

시미언 (섬뜩한 농담조로) 우리도 똑같이 머리 가죽을 벗겨 주면 되지.

에벤 (단정적으로) 문제는 그게 아니야. 형들은 결국 여기를 떠나지 못할 거야. 아버지가 죽길 바라면서 이 농장에 대한 형들의 몫을 기다려야 하니까.

시미언 (잠시 후) 우린 권리가 있어.

피터 이 농장의 3분의 2는 우리들 몫이야.

에벤 (펄쩍 뛰며) 형들한테는 권리가 없어. 그분은 형들 어머니가 아냐! 농장은 어머니 거였어. 아버지가 그분한테서 농장을 훔쳤지. 어머니가 돌아가셨으니까 이제 내 농장이야.

시미언 (비꼬며) 그 말은 아버지한테나 해 — 그가 돌아오면 말이야! 내 장담하는데, 아버지가 평생 처음으로 웃을 거라는 데 1달러 걸지. 하! (기가 막히다는 듯 헛웃음을 친다)

피터 (재미있어하며 형을 따라한다) 하!

시미언 (잠시 후) 에벤, 넌 우리한테 뭐가 그렇게 불만이냐? 몇 년 동안 네 눈 속엔 뭔가가 숨겨져 있어.

피터 맞아.

에벤 그래, 뭔가 있지. (갑자기 폭발하듯) 아버지가 어머니를 노예처럼 혹사시켜서 죽게 만들었을 때 형들은 왜 가만히 있었어? 어머니가 형들한테 잘해 준 것에 대한 보답이 겨우 그거야? (긴 사이. 형들은 놀라서 그를 바라본다)

시미언 글쎄, 가축들한테 물을 주느라고.

피터 아니면 나무 하느라고.

시미언 또 밭도 갈아야 했고.

피터 건초도 만들고.

시미언 거름도 뿌리고.

피터 김도 매고.

시미언 아니면 가지치기를 하든가.

피터 소젖을 짜기도 했지.

에벤 (사납게 끼어들며) 그리고 담을 쌓았겠지. 돌 위에 돌을 놓아서 — 형들 심장이 돌이 될 때까지 담을 쌓았지. 작물 성장을 위해 들어 올린 돌덩이로 형들 마음에 돌담을 만들었어.

시미언 (냉정하게) 우리에겐 간섭할 시간이 없었어.

피터 (에벤에게) 네 어머니가 죽었을 때 넌 벌써 열다섯

실이었고, 나이에 비해 덩치도 컸잖아. 그런데 넌 왜 가만히 있었는데?

에벤 (거칠게) 집안일 할 게 많았잖아, 아니야? (사이. 그런 다음 천천히) 어머니가 돌아가시고 나서야 그런 생각을 하게 됐어. 내가 음식을 만들게 되면서 — 어머니가 하던 일을 하게 되면서 — 어머니를 알게 되고, 어머니의 고생을 겪게 되고 — 어머니가 돌아와서 도와주곤 했어 — 감자를 삶아 주러 왔고 — 베이컨을 튀겨 주러 왔고 — 비스킷을 구워 주러 왔고 — 온통 웅크린 채 화로를 휘저어 주셨고, 그리고 예전에 그랬던 것처럼 연기와 불똥 때문에 눈물을 흘리며 충혈된 눈으로 재를 치워 주셨지. 그분은 아직도 밤이면 나타나서 스토브 옆에 서 계셔. 평화롭게 쉬지도 잠들지도 못하고 — 무덤 속에서조차 자유에 익숙해지지 못하는 거야.

시미언 그분은 절대 어떤 불평도 하지 않았지.

에벤 너무 지쳐 버렸으니까. 피곤에 익숙해져 버렸으니까. 그게 다 아버지 탓이야. (복수심에 차서) 조만간 내가 손을 쓸 거야. 그때 못 한 말을 아버지한테 다 할 거야. 있는 힘껏 소리쳐 주겠어. 어머니가 무덤에서 편히 잠드시도록! (조용히 생각에 잠기며 다시 자리에 앉는다. 형들은 묘하고도 무관심한 호기심으로 그를 쳐다본다)

피터 (잠시 후) 형, 아버진 도대체 어디로 간 걸까?

시미언 몰라. 말쑥하게 차려입고 말도 윤나게 빗질을 해서 마차를 몰고 떠났는데. 혀를 차고 채찍을 휘두르면서 가더라고. 내가 똑똑하게 기억하는데, 밭 가는 일을 막 끝냈을 때였어. 5월, 봄이었고 해 질 때라 서쪽이 황금색으로 물들고 있었는데 아버지는 그쪽으로 마차를 몰고 갔었어. 〈아버지, 어디 가요?〉 하고 내가 소리쳤더니 돌담 옆에 마차를 잠시 세우더군. 술 한잔 걸친 것처럼 아버지의 늙은 뱀눈은 햇빛에 반짝이고 있었는데, 노새처럼 웃으며 〈내가 돌아올 때까지 도망가지 마라!〉라고 하는 거야.

피터 우리가 캘리포니아로 가고 싶어 한다는 걸 알고 있었던 게 아닐까?

시미언 그럴지도 모르지. 난 아무 말도 안 했어. 그러자 아버지가 다시 묘하게 언짢은 표정으로 말하는 거야. 〈온종일 암탉이 꼬꼬댁거리고 수탉이 우는 소리가 들려. 소들도 울어 대고 모든 것들이 난리를 치니 견딜 수가 없다. 봄이라 그런지 기분이 더러워. 땔감으로나 쓰는 잎 떨어진 늙은 호두나무가 된 것처럼 더러운 기분이야.〉 그 말에 내 얼굴이 좀 희망적으로 바뀐 걸 봤나 봐. 악의에 차서 기세등등하게 바로 덧붙이더군. 〈그러나 내가 죽을 거라는 그런 어리석은 생각은 하지 마. 난 1백 살까지 살기로 맹세했어. 네놈들의 그

죄 많은 탐욕을 훼방 놓기 위해서라도 난 1백 살까지 살 거야! 난 이제 이 봄에 신이 내게 주시는 메시지를 듣기 위해 길을 떠난다. 옛날 예언자들이 그랬던 것처럼. 그러니 너희들은 가서 밭이나 갈아.〉 그러고는 찬송가를 부르며 마차를 몰고 갔어. 난 아버지가 술에 취했다고 생각했지. 그게 아니었다면 못 가게 말렸을 거야.

에벤 (경멸하듯) 천만에, 형은 절대 못 말렸을걸. 형은 아버지를 무서워하잖아. 형들 둘이 힘을 합쳐도 아버지를 못 당해.

피터 (비꼬며) 그럼 넌 — 네가 삼손쯤 되는 줄 아냐?

에벤 난 점점 강해지고 있어. 내 속에서 기운이 점점 자라는 걸 느낄 수 있어. 자라고 또 자랄 거야 — 터질 때까지! (일어나서 코트를 입고 모자를 쓴다. 형들은 그를 지켜보다가 점차 비웃음을 터뜨린다. 에벤은 수줍어하며 그들의 시선을 피한다) 잠깐 나갔다 올 거야. 저 윗길까지.

피터 마을까지?

시미언 미니를 만나러?

에벤 (도전적으로) 그래!

피터 (조롱하며) 그 매춘부!

시미언 네 안에서 자란다는 게 바로 욕정이었군.

에벤 그…… 그녀는 예뻐!

피터 그래, 20년 동안 계속 예뻤지!

시미언 화장만 떡칠하면 마흔 살도 영계처럼 보일 수 있거든.

에벤 마흔 아니야!

피터 마흔이 아니라도 거의 그 근처일거야.

에벤 (필사적으로) 형이 뭘 안다고 ─

피터 세상이 다 알지. 시미언 형도 알고……. 그리고 나도 ─

시미언 아버지도 너한테 뭔가 해줄 말이 있을걸! 그 사람이 첫 번째였으니까.

에벤 그럼 아버지도 그녀와……?

시미언 (싱긋 웃으며) 당연하지! 모든 것에 있어서 우리는 아버지의 상속자들이니까!

에벤 (강하게) 더 잘됐네! 그러니까 내 기운이 더 솟는걸! 이제 곧 폭발할 거야! (난폭하게) 가서 그년의 면상을 후려쳐 줘야겠군! (거칠게 뒷문을 연다)

시미언 (피터에게 윙크를 하며 천천히) 이렇게 따뜻하고 좋은 밤인데 ─ 그녀 곁에 도착할 때쯤이면 때리는 대신 키스를 하겠지!

피터 당연히 그렇겠지. (둘은 음탕한 웃음을 터뜨린다. 에벤은 서둘러 나가며 문을 쾅 닫는다. 그러고는 현관 밖으로 나와 집 모퉁이를 돌아 대문 옆에 가만히 서서 하늘을 바라본다)

시미언 (에벤의 뒷모습을 보며) 제 아버질 닮았어.

피터 아주 빼다 박았지!

시미언 동족상잔이 벌어지겠군!

피터 그러게. (사이. 동경에 차서) 1년 후에 우리는 캘리포니아에 있겠지.

시미언 으응. (사이. 둘 다 하품한다) 자러 가자. (촛불을 끈다. 둘은 뒷문으로 나간다. 에벤은 하늘을 향해 두 팔을 뻗어 올린다. 반항적으로)

에벤 음……. 저기 별이 하나 있고, 어딘가 아버지가 있을 거고, 여기엔 내가 있고, 길 저편에는 미니가 있을 테지 — 같은 밤하늘 아래. 그녀에게 키스를 하면 어떨까? 그녀는 꼭 오늘 밤 같아. 부드럽고 따뜻하고, 눈은 별처럼 윙크하고, 입술도 따뜻하고, 팔도 따뜻하고, 새로 갈아 놓은 따뜻한 밭 내음이 나. 예뻐. 아! 정말 예뻐. 날 만나기 전에 얼마나 많을 죄를 지었든, 다른 사람에게 어떤 죄를 지었든, 난 그녀를 비난할 수 없어. 내 죄도 그런 죄만큼 예쁜 거야! (왼쪽으로 성큼성큼 길을 걸어 내려간다)

제3장

동트기 직전인 듯 캄캄한 밤. 에벤이 왼쪽에서 들어와 길을 더듬으며 모퉁이를 돌아 포치로 간다. 쓸쓸하게 낄낄거리며 꽤 큰 소리로 저주를 퍼붓는다.

에벤 고약한 늙은 구두쇠 같으니라고! (현관으로 들어가는 소리가 들린다. 2층으로 올라가는 동안 사이. 잠시 후 형들의 침실 문을 세게 두드리는 소리가 들린다) 일어나 봐!
시미언 (놀라서) 대체 누구야?
에벤 (손에 초를 들고 문을 열어젖히며 들어선다. 형들의 침실이 보인다. 지붕 천장이 경사진 탓에 칸막이가 있는 중앙 부분에서만 사람이 똑바로 설 수 있다. 시미언과 피터는 앞쪽의 더블베드에 있다. 에벤의 접이식 간이침대는 뒤쪽에 있다. 에벤의 얼굴엔 바보 같은 웃음과 심술궂게 찌푸린 표정이 섞여 있다) 나야!

피터 (화를 내며) 대체 뭔 일이야?

에벤 형들한테 알려 줄 소식이 있어. 하! (돌발적으로 냉소가 담긴 큰 웃음을 한 번 터뜨린다)

시미언 (화를 내며) 우리가 일어날 때까지 기다릴 순 없었냐?

에벤 해 뜰 때 다 됐어. (폭발하듯) 그 인간이 또 장가를 갔대!

시미언, 피터 (폭발하듯) 아버지가?

에벤 서른다섯쯤 되는 여편네를 하나 꿰찼는데…… 예쁘대.

시미언 (어이없어하며) 말도 안 돼!

피터 누가 그래?

시미언 사람들한테 속은 거야!

에벤 내가 바본 줄 알아? 온 동네가 다 아는 사실인데? 뉴도버에서 온 목사가 우리 마을 목사한테 말해 줬대. 뉴도버는 바로 그 늙은 바보가 결혼한 곳이야. 그 여편네가 사는 곳이기도 하고…….

피터 (더 이상 의심 않고 멍해져서) 이거 원……!

시미언 (똑같이) 이거 참……!

에벤 (침대에 앉으며 악의에 찬 증오를 담아) 이거 진짜 악마 아니야? 우릴 못살게 굴려고 작정한 거지. 빌어먹을 놈의 고집불통 늙은이 같으니라고!

피터 (잠시 후) 이제 모든 것이 그년한테 가겠군.

시미언 그래. (사이. 멍하게) 아……. 그렇게 되면…….

피터 우린 끝나는 거지. (사이. 설득하듯) 형, 캘리포니아 땅에는 금이 있잖아. 이제는 여기 더 있을 이유가 없어.

시미언 내 생각도 바로 그거야. (결연하게) 언제 가나 마찬가지잖아. 오늘 아침에라도 떠나자!

피터 좋아.

에벤 걷는 걸 좋아하나 보네.

시미언 (비꼬면서) 네가 우리한테 날개라도 달아 준다면야 거기까지 날아갈 수 있겠지.

에벤 타고 가는 게 더 좋지 않아? 배 말이야. (자신의 주머니를 뒤져 구겨진 종이 한 장을 꺼낸다) 자, 여기에 사인만 하면 배를 타고 갈 수 있어. 형들이 떠날 때를 대비해 내가 여기에 써서 준비해 뒀지. 농장에 대한 형들의 권리를 나한테 파는 것에 동의하면 한 사람당 3백 달러씩 받을 수 있어. (형들은 의심스러운 듯이 종이를 바라본다. 사이)

시미언 (혼란스러워하며) 만약 아버지가 또 결혼을 한 거면…….

피터 그나저나, 그런 돈을 네가 어디서 구한다는 거지?

에벤 (교활하게) 돈이 숨겨진 곳을 나만 알고 있지. 지금까지 난 기다리고 있었어. 어머니가 말해 줬거든. 어머니도 몇 년 동안 그 돈이 어디 숨겨져 있는지 알았지만 기다리고 있었어. 그건 어머니 거야. 아버지가 어머니의 농장에서 **빼돌려** 감춰 둔 돈이거든. 이젠 당연히 내 돈이지.

피터 어디다 감춰 뒀는데?

에벤 (교활하게) 내가 아니고는 절대 찾을 수 없는 곳이지. 어머니는 아버지를 감시했던 거야. 그렇게 하지 않았다면 절대 알 수 없었겠지. (사이. 두 형은 의심스러워하며 동생을 바라본다. 에벤도 그들을 본다) 어때, 괜찮은 거래잖아?

시미언 모르겠어.

피터 모르겠어.

시미언 (창밖을 보며) 하늘이 밝아지고 있네.

피터 에벤, 불을 지펴야겠다.

시미언 그리고 음식도 좀 만들고.

에벤 알았어. (그런 다음 억지스러운 성의를 보이며) 내가 맛있는 걸로 만들어 줄게. 걸어서 캘리포니아까지 가려면 배를 든든히 채워 두셔야지. (문 쪽으로 돌아서며 의미심장하게 덧붙인다) 그렇지만 나랑 거래만 하면 배를 타고 갈 수 있을 텐데. (문 앞에서 멈춘다. 사이. 형들은 그를 응시한다)

시미언 (의심스러워하며) 넌 밤새 어디에 가 있었냐?

에벤 (도전적으로) 미니한테. (그러고는 천천히) 걸어가는 동안 처음에는 그녀에게 키스나 하겠다는 마음이었어. 하지만 형들이 해준 아버지와 그녀에 대한 얘기를 생각하니 그년의 콧대를 한 방 먹이고 싶어지더군. 그런데 마을에 도착해 아버지 소식을 듣고 나서는 완전히 머리가 돌아 버린 채 미니한테로 달려갔어. 뭘 어떻게 하겠다는 생각도 없이 말이야. (말을 멈춘다. 수줍게, 그러나 도전적으로) 글쎄……. 그녀를 만났을 때……. 난 때리지도 않았고 키스를 하지도 않았어……. 난 송아지처럼 고래고래 소리를 지르면서 그녀에게 욕을 퍼부었지. 내가 제정신이 아니니 그녀도 겁을 먹더군. 난 그녀를 잡아채서 정복해 버렸지! (자랑스럽게) 그래, 그랬다니까! 난 그녀를 가졌어. 전에는 아버지 거였고 형들 거였는지 몰라도 그녀는 이제 내 거야!

시미언 (무미건조하게) 사랑에 빠졌다는 거야, 너?

에벤 (경멸조로 거만하게) 사랑? 그런 더러운 여자한테 사랑은 개뿔!

피터 (시미언에게 윙크하며) 에벤도 결혼할 작정인지 모르지.

시미언 미니라면 정말 충실한 배우자가 될 거야! (둘이 킥킥거린다)

에벤 통통하고 따뜻한 것만 빼면 내가 그녀한테 호감을 가질 만한 게 뭐가 있겠어? 중요한 건 그녀가 전에는 아버지 여자였지만 이제는 내 여자라는 거야! (문

쪽으로 가서 뒤돌아보며 반항적으로) 미니라면 그리 나쁠 것도 없지. 세상에는 미니보다 더 나쁜 여자가 얼마든지 있으니까. 정말이야! 노인네가 골라 오는 암소를 한번 기다려 보자고! 나쁜 걸로 치면 미니는 그 여자한테 상대도 안 될걸. 내가 장담해! (나가려 한다)

시미언 (갑자기) 그 암소도 네 것으로 만들 수 있겠네?

피터 하! (그 생각이 재미있다는 듯 냉소를 보낸다)

에벤 (역겹다는 듯 침을 뱉으며) 그런 여자를……. 여기서 아버지랑 자고 어머니 농장을 훔치려는 그딴 여자를! 차라리 스컹크를 애무하고 뱀한테 키스하는 게 더 낫지! (나간다. 형들은 의심스럽다는 듯이 그의 뒷모습을 바라본다. 사이. 그들은 멀어지는 발소리에 귀를 기울인다)

피터 불이 붙었군.

시미언 나도 캘리포니아에 배 타고 가고 싶은데 —

피터 미니가 저 녀석 머릿속에다 뭔가 계략을 집어넣어 준 건지도 몰라.

시미언 아버지가 결혼했다는 것도 다 거짓말일 거야. 아버지가 올 때까지 기다렸다가 새 마누라를 확인하는 게 낫겠어.

피터 그때까지는 절대 사인해선 안돼!

시미언 진짜 돈이 있는지 확인할 때까진 어림도 없어.

(그러고는 싱긋 웃으며) 그러나 아버지가 결혼했다면, 어차피 우리가 가질 수도 없는 걸 에벤한테 파는 셈이야!

피터 기다려 보는 거지 뭐. (갑작스러운 분노에 차서) 아버지가 올 때까지 형이랑 나는 아무 일도 하지 맙시다. 에벤은, 하고 싶으면 하라지. 우리는 그냥 잠이나 자고 먹고 술이나 마시자고. 이 빌어먹을 농장이야 망하든 말든 내버려 둬야지!

시미언 (흥분해서) 이젠 우리도 편히 쉬겠군! 기분 전환을 위해서라도 부자처럼 놀아 보자. 아침 식사가 준비되기 전에는 침대에서 안 나갈 거야.

피터 식탁에 다 차려질 때까지는!

시미언 (잠시 후 생각에 잠겨) 넌 새엄마가 어떤 사람일 것 같니? 에벤이 생각하는 그런 여자일까?

피터 더할지도 모르지.

시미언 (복수심에 불타서) 글쎄……. 난 그 여자가 악마 같은 여자였음 좋겠어. 아버지가 차라리 죽어서 지옥에 사는 게 더 편하겠다고 생각하게 만들 수 있을 정도로 말이야!

피터 (열렬하게) 아멘!

시미언 아버지는 이렇게 말했지. (아버지의 목소리를 흉내 내며) 〈난 이제 이 봄에 신이 내게 주시는 메시지를 듣기 위해 길을 떠난다. 옛날 예언자들이 그랬던 것처럼.〉 매춘부를 사러 갈 작정을 했으면서도 그렇게 말한 게 틀림없어. 더럽고 늙어 빠진 위선자!

제4장

　제2장에서와 같이 촛불 밝힌 탁자가 있는 부엌 내부가 보인다. 밖에서는 날이 밝아 온다. 시미언과 피터는 막 아침식사를 끝내는 중이다. 에벤은 음식에 손도 대지 않고 그릇을 앞에 둔 채 찌푸린 얼굴로 생각에 잠겨 있다.

피터　(약간 거슬려 동생을 흘끗 쳐다보면서) 죽을상을 해 봐야 아무 도움도 안 돼.
시미언　(빈정거리며) 육체의 욕정에 대해 슬퍼하는가 보지.
피터　(싱긋 웃으며) 그녀가 첫 여자냐?
에벤　(화내며) 상관 마. (사이) 아버지를 생각하고 있었어. 점점 근처에 다가오고 있는 느낌이야. 형이 말라리아에 걸리기 전에 오한을 느끼듯 난 아버지가 돌아오는 것을 느낄 수 있어.
피터　아직 너무 이른데.

시미언 모르지, 우리가 낮잠 자는 걸 잡아챌지도……. 우리를 죽도록 부려 먹기 위해서 말이야.

피터 (기계적으로 일어선다. 시미언도 같은 행동을 한다) 자……. 일하러 가자. (형들은 기계적으로 문을 향해 뚜벅뚜벅 걸어가다가 문득 생각난 듯 멈춰 선다)

시미언 (싱긋 웃으며) 피터, 너 진짜 멍청하다……. 난 더 멍청하고! 아버지한테 우리가 빈둥거리는 꼴을 보여 줘야지. 우린 아무래도 상관없잖아.

피터 (형과 함께 다시 식탁으로 돌아가며) 그럼, 상관없고말고! 아버지랑은 이제 끝이라는 걸 알려 주기 위해서라도 그래야지. (두 사람은 다시 앉는다. 에벤이 놀라서 두 형을 번갈아 바라본다)

시미언 (에벤에게 싱긋 웃으며) 우리는 들판에 핀 백합이 되려는 거야.

피터 수고도 아니하고, 길쌈도 아니하고,[1] 일은 절대 아니하고!

시미언 아버지가 올 때까지 에벤, 네가 유일한 주인이다. 네가 원하는 대로 일도 너 혼자 해.

피터 젖소가 우네. 어서 우유나 짜.

에벤 (기쁨으로 흥분해서) 그럼 서류에 사인할 거야?

---

1 「마태오의 복음서」 6장 28절 참조. 〈또 너희는 어찌하여 옷 걱정을 하느냐? 들꽃이 어떻게 자라는가 살펴보아라. 그것들은 수고도 하지 않고 길쌈도 하지 않는다.〉

시미언 (무관심하게) 아마도.

피터 아마도.

시미언 생각 중이야. (단호하게) 넌 일이나 하러 가.

에벤 (묘하게 흥분해서) 다시 어머니의 농장이 되는구나! 내 농장이야! 저 젖소들도 내 거고! 내 소들을 위해 손가락이 부러져라 젖을 짜야지! (뒷문으로 나간다. 형들은 그를 무관심하게 쳐다본다)

시미언 딱 제 아버지야.

피터 아주 빼다 박았어!

시미언 뭐……. 동족상잔이 되는 거지! (에벤이 문밖으로 나가 집 모퉁이를 돈다. 해가 뜨면서 하늘이 붉게 물들기 시작한다. 에벤은 대문 옆에 서서 소유욕에 불타는 눈으로 주위를 둘러본다. 욕망에 찬 눈길로 농장 전체를 다 가진 듯 바라본다)

에벤 예쁘다! 진짜 예뻐! 다 내 거야! (갑자기 고개를 대담하게 뒤로 젖히며 굳건하고 반항적인 눈으로 하늘을 본다) 내 거야! 들려? 내 거라고! (돌아서서 헛간을 향해 뒤쪽 왼편으로 빠르게 걸어 나간다. 형들은 파이프에 불을 붙인다)

시미언 (흙투성이 부츠를 탁자 위에 올리고는 의자를 뒤로 젖힌 채 거만하게 담배를 피운다) 음……. 정말 좋은데……. 처음이야, 이런 기분.

피터 그래. (형을 따라 한다. 사이. 둘 다 무의식중에 한숨

을 쉰다)

시미언 (갑자기) 에벤은 젖 짜는 솜씨가 별론데.

피터 (콧방귀를 뀌며) 걘 손이 꼭 말발굽처럼 둔하다니까! (사이)

시미언 거기 술병 좀 줘봐. 한 잔 쭉 마시게. 기분이 꿀꿀하네.

피터 좋은 생각이야! (그렇게 한다. 술잔 두 개도 가져와 위스키를 따른다) 캘리포니아에 있는 황금을 위하여!

시미언 그 금을 발견하는 행운을 위하여! (술을 마신다. 결연하게 담배를 피운다. 한숨을 쉰다. 탁자에서 발을 내려놓는다)

피터 어째 술이 별로네.

시미언 이렇게 이른 시간에 마시는 것에 익숙하지 않잖아. (사이. 불안해진다)

피터 부엌이 점점 숨막혀.

시미언 (크게 안도하며) 바람이나 쐬러 나가자. (둘은 활기차게 일어나 뒤로 나간다. 집 모퉁이를 돌아 대문 앞에 선다. 멍하니 감상에 젖어 하늘을 본다)

피터 예쁘다!

시미언 그래, 지금은 황금이 동쪽에 있네.

피터 태양이 우리와 함께 황금의 땅 서부로 출발하는 거지.

시미언 (농장을 둘러보는 동안 굳어 있던 그의 얼굴이 감정을 감추지 못하고 더 굳는다) 이제…… 이게 우리의 마지막 아침이 될지도 몰라.

피터 (똑같이) 그래.

시미언 (땅에 발을 구르며 절망적으로 말한다) 그래……. 너에게 나의 30년이 묻혀 있어. 네 위에다 나의 피와 뼈와 땀을 뿌려서 널 비옥하게 하고 네 흙을 기름지게 했지. 최선을 다해서. 그게 내가 널 위해 해온 일이야!

피터 그래, 나도 마찬가지야!

시미언 맞아, 피터. 너도 그랬지. (한숨을 쉰다. 그런 다음 침을 뱉는다) 뭐…… 이미 엎질러진 우유를 보고 울어봐야 소용없는 일이지만.

피터 서부에는 황금이 있을 거야. 자유도 있겠지. 여기서 우린 돌담에 갇힌 노예였어.

시미언 (반항적으로) 이제부터 우리는 어느 누구의 노예도…… 어떤 것의 노예도 아니야. (사이. 불안해서) 우유 얘기가 나와서 말인데, 에벤이 제대로 짜고 있는지 모르겠네.

피터 잘하고 있겠지.

시미언 이번 한 번만 우리가 도와줘야 할 것 같아.

피터 그러게, 소들도 우릴 알아보니까.

시미언 우릴 좋아하잖아. 소들이 에벤은 잘 모를걸.

피터 그리고 말이나 돼지, 닭들도 에벤을 잘 몰라.

시미언 그놈들은 우릴 형제처럼 여기고 좋아하지! (자랑스럽게) 우린 그놈들을 최고로 길렀고, 모두 1등상을 탄 가축들이잖아?

피터 그것도 이젠 끝이지.

시미언 (멍하게) 깜박 잊고 있었네. (체념하듯) 그럼, 가서 에벤이나 잠깐 도와주고 정신 차리자.

피터 좋아. (외양간을 향해 뒤편 왼쪽 아래로 가려 하는데 에벤이 흥분한 표정으로 급하게 나타난다)

에벤 (헐떡이며) 아……. 그들이 와! 쇠고집 노인네랑 새 마누라가! 저 아래 모퉁이를 돌아오는 걸 외양간에서 봤어.

피터 그렇게 멀리서 어떻게 알아봤어?

에벤 아버지가 가까운 곳에 있는 걸 잘 보는 만큼 난 먼 데를 잘 보잖아. 내가 우리 말과 마차를 몰라보겠어? 거기 두 사람이 타고 있는데, 그게 누구겠어? 게다가 난 그들이 오는 걸 느낌으로도 알 수 있거든! (근질근질한 듯 몸을 비튼다)

피터 (화를 내며) 그럼 마차에서 말을 푸는 것도 혼자 하라지!

시미언 (이번에는 자신이 화를 내며) 어서 집에 들어가 짐을 꾸려서 아버지가 도착하는 대로 바로 떠나자. 그가 돌아온 다음에는 이 집 문 안에 발을 들여놓고 싶지 않아. (두 사람이 집 모퉁이를 돌아 들어간다. 에벤이 그들 뒤를 따른다)

에벤 (걱정스럽게) 가기 전에 서류에 사인할 거지?

피터 그 늙은 구두쇠의 돈 색깔이라도 보여 줘. 그러면 사인할게. (모두 왼쪽으로 사라진다. 두 형들은 짐을 꾸리러 2층으로 쿵쿵거리며 올라간다. 에벤은 부엌에 나타나 창문으로 달려가 밖을 살핀 후 되돌아와서 스토브 아래 있는 마루의 널빤지 하나를 들어 올리고 캔버스 가방을 꺼내 탁자 위에 올려놓는다. 그런 다음 마루를 원래대로 해놓는다. 잠시 후 두 형이 나타난다. 낡은 가방을 들고 있다)

에벤 (경계하듯 자신의 가방에 손을 얹고) 사인했어?

시미언 (손에 든 서류를 보여 준다) 그래. (탐욕스럽게) 그게 그 돈이냐?

에벤 (가방을 열고 20달러짜리 금화 더미를 쏟아 놓는다) 20달러짜리 서른 개야. 세어 봐. (피터가 다섯 개씩 묶어 센다. 시험 삼아 한두 개 깨물어 본다)

피터 6백. (돈을 가방에 담아 셔츠 안에 신중하게 넣는다)

시미언 (에벤에게 서류를 건네며) 여기 있다.

에벤 (흘끗 본 후 조심스럽게 접어 셔츠 안에 감춘다. 기뻐하며) 고마워.

피터 배 탈 수 있게 해줘서 고마워.

시미언 크리스마스 선물로 금덩이 하나 보내 줄게. (사이. 에벤은 형들을 바라보고 그들도 동생을 바라본다)

피터 (어색하게) 그럼……. 우린 갈게.

시미언 마당까지 배웅할래?

에벤 아니, 난 여기 있을래. (또다시 침묵. 형들은 어색해하며 뒷문 쪽으로 가서는 뒤돌아 멈춰 선다)

시미언 그럼……. 잘 있어.

피터 잘 있어라.

에벤 잘 가. (형들이 나간다. 에벤은 탁자 앞에 앉아 스토브를 마주하고 서류를 꺼낸다. 그는 시선을 서류에서 스토브로 옮긴다. 창문에서 들어오는 햇빛에 빛나는 얼굴은 황홀한 표정이다. 그의 입술이 움직인다. 형들이 대문 쪽으로 나온다)

피터 (외양간 쪽을 쳐다보며) 저기 아버지가 마차에서 말을 풀고 있군.

시미언 (킥킥대며) 짜증 좀 날 거야.

피터 여자도 저기 있네.

시미언 기다렸다가 새어머니 얼굴이나 보고 가자.

피터 (싱긋 웃으며) 작별 기념으로 아버지한테 욕이나 실컷 해주자!

시미언 (싱긋 웃으며) 장난기가 발동하는걸. 머리도 발걸음도 가뿐해지는 기분이야.

피터 나도. 허리가 끊어지도록 실컷 웃고 싶어.

시미언 술을 마셔서 그런가?

피터 아니야, 내 발은 걷고 싶어 근질근질하고 뭐든 뛰어넘을 수 있을 것 같아. 그리고 —

시미언 춤도 추고? (사이)

피터 (얼떨떨하게) 정말 이상해.

시미언 (얼굴을 빛내며) 학교를 마친 그런 기분이야. 이제 휴가야. 난생처음으로 우리는 자유를 갖게 됐어!

피터 (멍하니) 자유?

시미언 굴레는 끊어지고 마구는 부서지고 담장의 빗장은 벗겨졌어. 돌담은 무너져 산산조각이 나고! 이제 모두 걷어차고 아래 큰길로 달려 내려갈 거야!

피터 (숨을 깊이 들이쉬고 연설조로) 이 썩어 빠지고 낡은 돌투성이 농장, 누구든 가지고 싶으면 가지세요! 이제 우리 것이 아닙니다. 암, 아니고말고요!

시미언 (대문의 돌쩌귀를 빼고는 문을 떼어 옆구리에 낀다) 이제 우리는 잠긴 문들을 부수고 문을…… 모든 문을 개방한다. 제기랄!

피터 우리는 행운을 위해 그 문을 가져다가 강에 자유롭게 띄워 보낼 거다!

시미언 (뒤쪽 왼편에서 말소리가 들려오자) 그들이 오나 봐! (두 형제는 두 개의 딱딱하고 냉혹한 석상처럼 굳는다. 이프리엄 캐벗과 애비 퍼트넘이 들어온다. 캐벗은 일흔다섯 살에 키가 크고 마른 편으로 매우 강단 있는, 집중된 힘을 지니고 있다. 그러나 힘든 노동으로 어깨가 굽었다. 얼굴은 둥근 돌을 쪼아 만든 것처럼 딱딱하지만 그 안에 연약함이 숨어 있다. 그의 집약된 힘에는 쩨쩨한 자

존심이 담겨 있다. 눈은 작고 몰렸으며 지독한 근시다. 대상에 초점을 맞추기 위해 끊임없이 눈을 깜빡인다. 그의 시선에서 사람의 내면을 파고드는 힘이 느껴진다. 칙칙한 검은색 정장을 입고 있다. 애비는 서른다섯 살로 통통하고 생기에 차 있다. 둥근 얼굴은 예쁘지만 야하고 음탕해 보이는 게 흠이다. 턱에서 힘과 고집이 느껴지고 눈에는 굳은 결연함이 담겨 있다. 전체적인 분위기는 불안정하고 길들여지지 않은 필사적인 성격을 나타내는데, 마치 에벤의 성격을 연상시킨다)

캐벗 (애비와 함께 들어오는데, 메마르고 쉰 음성에 묘하게 억누른 감정이 담겨 있다) 자, 이제 집에 왔어, 애비.

애비 (〈집〉이라는 단어에 탐욕적으로) 집! (대문 앞에 굳은 모습으로 서 있는 두 형제는 안중에도 없이 느긋하게 집을 훑어본다) 집이 정말 멋져요! 이게 내 집이라는 게 믿기지가 않아요.

캐벗 (날카롭게) 당신 거라고? 내 거야! (뚫어질 듯 그녀를 바라본다. 애비도 맞받아 쳐다본다. 캐벗이 부드럽게 덧붙인다) 우리 집이라고 할 수 있겠지. 너무 오랫동안 쓸쓸했어. 봄인데 난 늙어 가고 있고. 집안에는 여자가 있어야 해.

애비 (감정에 사로잡힌 목소리로) 여자는 집을 가져야죠!

캐벗 (불분명하게 고개를 끄덕이며) 그래. (짜증스럽게) 애들은 어디 간 거야? 아무도 안 보이잖아? 일을 하는 거야, 마는 거야?

애비 (두 형제를 발견한다. 자신을 평가하듯 냉정하게 바라보는 형제의 시선을 흥미롭게 마주 본다. 천천히) 저기 두 남자가 대문 앞에서 빈둥거리고 있네요. 길 잃은 한 쌍의 돼지처럼 날 쳐다보면서요.

캐벗 (눈을 가늘게 뜨며) 보이긴 하지만…… 누군지는 모르겠군.

시미언 시미언이에요.

피터 피터예요.

캐벗 (폭발하듯) 너희들은 왜 일을 안 하고 있는 거야?

시미언 (냉정하게) 아버지와 신부가 집에 온 걸 환영하려고 기다리고 있었죠!

캐벗 (혼란스러워하며) 그래? 그렇다면 여기, 너희 새어머니를 소개하마! (그녀가 형제들을 바라보고 형제들도 그녀를 본다)

시미언 (고개를 돌리고 멸시하듯 침을 뱉는다) 알아요!

피터 (똑같이 침을 뱉는다) 나도 알아요!

애비 (승리자의 우월감을 드러내며) 난 들어가서 내 집이나 둘러봐야겠어요. (천천히 포치로 간다)

시미언 (코웃음 치며) 자기 집이래!

피터 (그녀의 뒤에 대고) 안에 에벤이 있을 거야. 그 애한테는 이 집이 당신 거라고 말하지 않는 게 좋을걸.

애비 (큰 소리로 그 이름을 되뇐다) 에벤. (그런 다음 조용하게) 그에게도 말해 주지.

캐벗 (경멸조로 코웃음 치며) 에벤은 신경 안 써도 돼. 그놈은 아주 머저리거든. 제 어미를 닮아서 물렁하고 단순하지!

시미언 (비꼬듯 웃음을 터뜨리며) 하! 에벤은 아버지 판박이죠. 아주 빼다 박았지. 호두나무처럼 딱딱하고 지독해! 동족상잔이야. 이 노인네야, 그 녀석이 당신을 삼켜 버릴걸요!

캐벗 (명령조로) 가서 일이나 해!

시미언 (애비가 집 안으로 사라지자 피터한테 눈짓을 하고서 조롱하듯 말한다) 그래서, 저 여자가 우리 새어머니란 말이죠? 대체 어디서 저런 여잘 발굴해 내셨나? (시미언과 피터가 웃는다)

피터 하! 다른 돼지들이랑 한 우리에 넣어 두는 게 좋을 거요. (형제는 허벅지를 치며 큰 소리로 웃는다)

캐벗 (형제의 뻔뻔스러움에 놀라 어리둥절해져서 말을 더듬는다) 시미언! 피터! 너…… 너희들 어떻게 된 거야? 취했냐?

시미언 노인네야, 우린 자유야. 당신과 이 빌어먹을 농장으로부터 자유라고! (둘은 점점 더 들뜨고 흥분한다)

피터 그리고 우린 황금의 땅 캘리포니아를 향해 떠날 거요!

시미언 당신 혼자 여길 다 차지하고 불을 질러도 돼!

피터 다 파묻어 버려도 좋고!

시미언 노인네, 우린 자유야! (펄쩍펄쩍 뛴다)

피터 자유라고! (허공에 발길질을 한다)

시미언 (발광하듯) 우후!

피터 우후! (형제들은 이상한 인디언 전쟁 춤을 추며 늙은 이의 주위를 돈다. 캐벗은 이들이 미쳤다는 생각에 공포와 분노 사이에서 돌처럼 굳어 있다)

시미언 우린 인디언처럼 자유롭다! 우리가 당신의 머리 가죽을 벗기지 않는 게 다행인 줄 아슈.

피터 외양간에 불을 질러 가축들을 죽이지 않는 것도 다행이지!

시미언 새댁을 겁탈하지 않는 것도! 와우! (그와 피터가 춤을 멈추더니 배를 움켜쥐고 몸을 흔들며 거칠게 웃는다)

캐벗 (물러서며) 황금에 대한 탐욕 때문에……. 캘리포니아의 죄 많고 얻기 쉬운 그 황금 때문에……. 그 황금이 너희를 미치게 만들었어!

시미언 (조롱하듯) 그 죄 많은 황금을 우리가 보내 주길 원치 않는다는 건가, 이 사악한 노인네야?

피터 황금이 캘리포니아에만 있는 건 아니지! (노인의 시력이 닿지 못하는 곳까지 물러나서 돈주머니를 꺼내 머리 위로 휘두르며 웃는다)

시미언 이건 더 죄 많은 돈이지!

피터 우리는 배를 타고 가지! 우후! (펄쩍펄쩍 뛴다)

시미언 자유롭게 사는 거지! 우후! (그도 같이 뛴다)

캐벗 (갑자기 분노에 찬 소리를 지른다) 에잇, 저주받을 놈들아!

시미언 우리 저주도 사 가시오! 우후!

캐벗 네놈들을 잡아다가 정신 병원에 매달아 놓을 테다!

피터 이 늙은 자린고비! 안녕!

시미언 이 늙은 흡혈귀! 안녕!

캐벗 어서 꺼져! 내 손에 잡히기 전에.

피터 우후! (길에서 돌 하나를 줍는다. 시미언도 똑같이 한다)

시미언 그 여자는 큰방에 있겠지?

피터 그래! 하나, 둘······.

캐벗 (기겁하며) 이놈들이 무슨 짓을 ㅡ

피터 셋! (동시에 돌을 던져 큰방의 유리창을 맞힌다. 차양이 찢어지며 유리가 박살 난다)

시미언 우후!

피터 우후!

캐벗 (격분해서 그들에게 달려간다) 내 손에 잡히기만 해 봐! 뼈를 부숴 버릴 테다! (그러나 형제들은 껑충껑충 뛰며 그의 앞에서 뒤로 물러난다. 시미언은 여전히 옆구리에 문짝을 끼고 있다. 캐벗은 기운 빠진 분노로 헐떡이며 돌아온다. 형제는 떠나며 「오, 수재너!」[2]의 옛 곡조에

맞춰 개사한 황금 채굴꾼의 노래를 부른다)

    리자호(號)에 올라타고
    바다를 여행했다네.
    집 생각이 날 때마다
    그게 내가 아니길 빌었다네!
    오! 캘리포니아,
    그곳은 나를 위한 땅!
    나는 캘리포니아로 간다네!
    무릎에 양동이를 얹고서.

(그러는 동안 2층 오른쪽 침실의 창이 열리고 애비가 머리를 내민다. 그녀는 한숨을 쉬며 캐벗을 내려다본다)

애비 그럼, 이제 저들하고는 마지막이죠, 그렇죠? (그가 대답하지 않자 소유욕 강한 어조로) 여기 침실이 아주 맘에 들어요, 이프리엄. 침대도 근사하고……. 이거 내 방이죠?

캐벗 (올려다보지도 않고 침울하게) 우리 방이야! (애비는 혐오감을 감추지 못해 찡그린 얼굴을 안으로 들여놓고는 창문을 닫는다. 캐벗은 갑자기 무서운 생각이 떠오

---

2 Oh, Susannah! 미국 작곡가 포스터의 가곡. 밴조를 메고 애인을 만나러 간다는 내용의 경쾌한 노래로, 캘리포니아에서 금광이 발견된 1849년경 서부로 몰려든 청년들에 의해 불리기 시작했다.

른 듯) 암만해도 저놈들이 뭔 일을 저지른 거야. 가축들에게 독을 먹였을지도 몰라. (외양간 쪽으로 급히 뛰어간다. 잠시 후 부엌문이 천천히 열리며 애비가 들어선다. 그녀는 한동안 에벤을 바라보며 서 있다. 에벤은 처음엔 그녀가 온 것을 모르고 있다. 애비는 자신에게 대항해 올 그의 힘을 가늠하며 에벤을 뚫어지게 바라본다. 그러나 이 상황에서 남자의 젊음과 잘생긴 얼굴에 그녀의 욕망이 희미하게 깨어난다. 갑자기 에벤이 그녀의 존재를 의식하고 올려다본다. 둘의 눈이 마주친다. 에벤이 벌떡 일어나 말없이 여자를 노려본다)

애비 (최대한 유혹적인 말투로. 그녀는 이 장면 내내 이런 어조로 말한다) 당신이…… 에벤이지? 난 애비야. (웃으며) 내가 당신의 새엄마란 말이지.

에벤 (악의적으로) 아니야, 제기랄!

애비 (못 들은 듯 묘한 미소를 띠고) 아버지가 당신 얘길 많이 하시더군.

에벤 하!

애비 아버지는 신경 쓸 거 없어. 노인일 뿐이잖아. (긴 사이. 서로 응시한다) 에벤, 당신한테 어머니 노릇을 하고 싶진 않아. (감탄하며) 그러기엔 당신이 너무 크고 강하잖아. 난 당신과 친구가 되고 싶어. 나랑 친구가 되면 당신도 여기서 살기가 더 편해지지 않겠어? 아버지랑 잘 지내게 해줄게. (힘에 대해 멸시하는 태도로)

그는 날 위해서라면 뭐든 하거든.

에벤 (신랄한 경멸조로) 하! (두 사람은 다시 서로 응시한다. 그녀에게 육체적으로 끌려 모호하게 마음이 움직이지만 애써 과장된 말투로) 꺼져!

애비 (침착하게) 나한테 욕해서 당신 기분이 좋아진다면 얼마든지 해도 돼. 처음엔 나한테 적대적일 거라는 거 다 각오하고 있었으니까. 당신을 비난할 생각도 없어. 나라도 낯선 사람이 엄마의 자리를 차지한다면 똑같은 기분이었을 거야. (에벤이 부르르 몸을 떤다. 애비는 조심스럽게 그를 지켜본다) 당신은 어머니를 무척 좋아했나 봐? 우리 엄마는 내가 어릴 때 돌아가셨어. 그래서 엄마에 대한 기억이 전혀 없지. (사이) 그렇지만 날 그렇게 오래 미워할 수는 없을 거야. 나도 세상 최악의 인간은 아니거든. 그리고 당신과 난 공통점이 많아. 당신을 보면 알 수 있지. 음……. 나는 참 어렵게 살았어. 그 보상이라고는 끝없는 고생과 일뿐이었지. 어릴 때 고아가 돼서 남의 집에서 가정부 일을 했거든. 그러다가 결혼을 했는데 남편이 술주정꾼이었어. 그 사람도 남의 집 일을 했고 나도 다시 가정부 일을 했지. 아이도 죽고 남편도 병들어 죽어 버렸어. 차라리 홀가분한 기분이더군. 하지만 홀가분해졌다는 건 결국 내가 또다시 남의 집 일을 해야 한다는 걸 의미할 뿐이었어. 내 집에서 내 일을 한다는 희망을 거의 포기할 무렵 당신 아버지가 나타나서 — (캐벗이 외양간에서 돌아와 등장한다. 현관 앞에서 형제들이 떠난 길 쪽을 내려다본다. 멀리서 노랫소리가 어렴풋이 들려온다. 〈오, 캘리포니아, 그곳은 나를 위한 땅!〉 그는 주먹을 불끈 쥐고 분노에 차 험악한 표정으로 서서 노려본다)

에벤 (여자에 대해 점점 크게 느껴지는 매력과 동정심에 대항해 싸우며 거칠게) 그러고는 당신을 샀겠지. 매춘부를 사듯이! (여자는 움찔하며 분노로 얼굴이 붉어진다. 자신의 고생담을 이야기하는 동안 스스로 진지한 감동에 사로잡혀 있었던 것이다. 에벤은 격렬하게 덧붙인다) 그리고 그가 당신에게 지불하는 대가가 이 농장이겠지. 그렇지만 이건 우리 어머니 거였어. 지금은 내 것이고.

애비 (자신만만하게 냉소를 보이며) 당신 거라고? 누구 건지 어디 한번 두고 보자고. (강하게) 그럼 — 내가 집이 필요하다고 하면 어쩔 건데? 집 때문이 아니라면 내가 뭐하러 저런 늙어 빠진 영감탱이랑 결혼을 했겠어?

에벤 (심술궂게) 당신이 그렇게 말했다고 아버지한테 전해야겠군.

애비 (미소를 띠며) 그럼 난 당신에게 다른 속셈이 있어서 그런 거짓말을 하는 거라고 말하지. 그는 당신을 이 집에서 쫓아낼걸!

에벤 악마 같은 년!

애비 (그에게 도전하며) 이건 내 농장이야……. 이 집도 내 집이고……. 이 부엌도 내 부엌이야!

에벤 (때릴 듯 격노해서) 닥쳐! 빌어먹을!

애비 (그에게 걸어가 자신의 얼굴과 몸에 야릇한 욕정을 드러내며 천천히 말한다) 그리고 2층에는 내 침실이 있고…… 내 침대가 있지! (에벤은 극심한 혼란에 빠진 채 산란해져서 그녀의 눈을 응시한다. 그녀가 부드럽게 덧붙인다) 난 나쁘고 잔인한 여자가 아니야……. 적이 되면 그렇게 되겠지만……. 하지만 내 몫을 차지하기 위해서라면 목숨을 걸고 싸울 거야. (에벤의 팔에 손을 얹고서 유혹하듯이) 우리, 친구가 되자는 말이야, 에벤.

에벤 (최면에라도 걸린 듯 멍청하게) 그래. (그러다가 난폭하게 그녀의 팔을 뿌리친다) 싫어, 이 사악한 마귀할멈 같으니라고! 난 당신이 싫어! (문밖으로 뛰어나간다)

애비 (만족스럽게 미소 지으며 바라보다가 혼잣말하듯 중얼거린다) 에벤은 좋은 사람이야. (식탁을 보며 자랑스럽게) 이제 내 접시들을 닦아야지. (에벤은 문을 쾅 닫고 집 밖으로 나온다. 집 모퉁이를 돌아가다가 아버지를 보자 걸음을 멈추고는 증오에 찬 눈길로 그를 쏘아본다)

캐벗 (자신도 억제할 수 없을 정도로 화가 나서 두 팔을 하늘로 추켜올리며) 만군의 주 하느님! 저 죄 많은 자식들에게 가장 가혹한 벌을 내려 주소서!

에벤 (난폭하게 끼어들면서) 하느님 좋아하시네! 만날

남한테 욕이나 퍼붓고 잔소리나 해대면서!

캐벗 (에벤은 안중에도 없이 신을 부르며) 늙은 자의 하느님! 외로운 자의 하느님!

에벤 (비웃으며) 하느님의 양을 괴롭혀서 죄를 짓게 하면서! 당신네 신이랑 지옥에나 가시지! (캐벗이 돌아본다. 둘은 서로 노려본다)

캐벗 (거칠게) 그래, 너구나. 네가 있는 줄 몰랐네. (위협하듯이 에벤에게 손가락을 흔들며) 신성 모독이나 하는 바보 같은 놈! (빠르게) 넌 왜 일을 안 하는 거냐?

에벤 아버지는 왜 안 해요? 형들은 떠나고 없어요. 나 혼자 어떻게 그 일을 다 해요?

캐벗 (경멸적으로) 못 하긴! 난 늙었어도 아직 너 같은 놈 열 명보다 낫다! 넌 반 사람 몫도 제대로 못 할 거야! (그러고는 사무적으로) 그럼, 외양간에나 가보자. (둘이 함께 간다. 캘리포니아 노래의 마지막 선율이 멀리서 어렴풋이 들려온다. 애비는 접시를 씻고 있다)

막이 내린다.

제2막

제1장

제1막에서와 마찬가지로 농가의 외부. 2개월 후 어느 더운 일요일 오후. 애비가 제일 멋진 옷을 입고서 포치 끝 흔들의자에 앉아 있는 모습이 보인다. 열기 때문에 기력이 빠지고 지루한 듯 눈을 반쯤 감고 앞을 응시하며 나른하게 흔들의자를 움직이고 있다.

에벤이 침실 창밖으로 고개를 내민다. 조심스럽게 주위를 살펴보며 포치에 누가 있는지 보거나 들으려고 한다. 소리를 내지 않으려고 조심하지만 애비는 그의 움직임을 감지하고 있다. 그녀는 흔들거리는 걸 멈추고 얼굴에 생기와 간절함을 나타내며 주의 깊게 기다린다. 에벤도 그녀의 존재를 알아챈 눈치다. 찌푸린 얼굴로 그녀에 대한 생각을 거두고 과장된 경멸감을 나타내며 침을 뱉는다. 그러고는 고개를 다시 방 안으로 들여놓는다. 애비는 집 안에서 나는 소리를 하나라도 놓치지 않으려는 듯 열정적으로 귀 기울이며 숨죽인 채 기다린다.

에벤이 나온다. 두 사람의 눈이 마주친다. 에벤은 눈이 떨리고 당황한다. 몸을 돌리고 분개하며 문을 쾅 닫는다. 에벤의 이런 태도에 애비는 안타깝게 웃는다. 그의 행동에 재미도 느끼지만 동시에 감정이 상하고 짜증이 난다. 에벤이 인상을 쓰며 성큼성큼 포치를 지나 통로로 간다. 애비의 존재를 무시하듯 어깨를 들썩이며 그녀를 지나쳐 큰길로 걸어가기 시작한다. 그는 기성복으로 잔뜩 멋을 냈다. 얼굴도 비눗물로 씻어서 반들반들 윤이 난다. 애비는 의자에 앉은 채 몸을 앞으로 구부린다. 그녀의 눈은 이제 냉정하고 화가 나 있다. 그가 지나치자 그녀는 코웃음을 치며 힐책하듯이 낄낄거린다.

에벤 (뜨끔해서 격분하며 그녀에게 돌아선다) 뭐가 그렇게 우스운데?
애비 (의기양양하게) 당신!
에벤 내가 어때서?
애비 상으로 주는 황소처럼 쭉 빼입었네.
에벤 (코웃음 치며) 당신도 그리 예쁜 건 아니잖아? (서로 응시한다. 에벤의 눈은 어쩔 수 없이 애비의 눈에 사로잡혀 압도당한다. 그녀의 눈은 소유욕으로 불타오른다. 그들의 육체적인 매력은 뜨거운 대기 속에서 떨리며 감지할 수 있을 정도의 힘이 된다)
애비 (부드럽게) 그 말이 진심은 아닐 거야, 에벤. 당신은 진심이라고 생각할지도 모르겠지만, 그렇지 않아. 당신이 그럴 수는 없어. 그건 본능을 거스르는 일이야, 에벤. 내가 온 그날부터 당신은 자신의 마음과 싸워왔거든. 내가 예쁘지 않다고 스스로를 설득하면서. (그의 눈에서 시선을 떼지 않은 채 나지막하면서 물기 어린 웃음을 짓는다. 사이. 욕정으로 그녀의 몸이 꿈틀거린다. 이제 그녀는 나른해져서 힘없이 중얼거린다) 태양이 강렬하고 뜨겁지 않아? 땅속까지 태우고 있는 걸 당신도 느낄 수 있잖아. 자연이 만물을 자라게 하고⋯⋯ 더욱더 커지게 하고⋯⋯ 당신 속까지 불태워서⋯⋯ 뭔가 다른 것으로⋯⋯ 그것과 당신이 합쳐질 때까지⋯⋯ 성장하고 싶게 만들지⋯⋯. 그것은 당신 자신이기도 하지만 당신을 소유하는 것이기도 해. 그리고 당신을 나무처럼 점점 더 크게 자라게 하지⋯⋯. 저 느릅나무들처럼 말이야. (그에게서 시선을 떼지 않고 다시 부드럽게 웃는다. 에벤은 의지를 거스르며 그녀를 향해 한 걸음 다가선다) 자연을 거스를 순 없어. 지금이라도 고백하지그래?

에벤 (애비의 마력에서 벗어나려 애쓰며 당황한 채) 그런 말을 아버지가 들으면 — (화가 나서) 그런데 당신이 그 늙은 악마를 완전히 바보로 만들어 놨으니⋯⋯! (애비가 웃는다)

애비 뭐, 아버지가 만만해지면 당신한테도 좋잖아?

에벤 (반항적으로) 천만에. 난 그와 싸울 거야. 당신하고도 싸우고. 집에 대한 어머니의 권리를 위해 싸울 거라고! (이 말로 인해 그는 애비의 마력에서 벗어난다. 그녀를 노려보며) 난 당신에 대해 다 알고 있어. 절대 날 속일 수는 없지. 모든 걸 다 집어삼켜서 당신 것으로 만들려는 속셈이겠지? 글쎄……. 내 덩치가 너무 커서 당신이 삼킬 수도, 씹을 수도 없다는 걸 깨닫게 될 거야! (코웃음 치며 그녀에게서 돌아선다)

애비 (우위를 되찾으려 애쓰며 유혹적으로) 에벤!

에벤 날 내버려 둬! (걸음을 뗀다)

애비 (좀 더 명령조로) 에벤!

에벤 (걸음을 멈추고 화를 내며) 왜?

애비 (커지는 흥분을 감추려 애쓰며) 어딜 가는 거지?

에벤 (악의적인 냉담함으로) 아, 저 위 큰길 쪽에 잠깐.

애비 마을에?

에벤 (가볍게) 그럴지도.

애비 (흥분해서) 미니를 보러 가는 거겠지?

에벤 아마도.

애비 (힘없이) 왜 그런 여자한테 시간 낭비를 하려는 거야?

에벤 (앙갚음하려는 듯 싱긋 웃으며) 자연을 거스를 순 없다며? (그러고서 다시 걸어가려 한다)

애비 (분통을 터트리며) 그 추잡한 늙은 년!

에벤 (약 올리듯 코웃음 치며) 그래도 당신보다 예쁘지!

애비 이 마을에 있는 온갖 시시한 술주정뱅이들이 다 건드린…….

에벤 (약 올리듯) 그럴지도 모르지. 하지만 당신보다는 나아. 그 여자는 적어도 자신이 한 일을 속이지 않고 고백하니까.

애비 (분노에 차서) 감히 그따위 년이랑 나를 비교하다니…….

에벤 그녀는 몰래 숨어들어 와 훔쳐 가는 짓은 안 하거든. 내 것을 말이야.

애비 (잔인하게 그의 약점을 잡고) 네 것이라니? 내 농장을 말하는 거야?

에벤 당신이 늙은 창녀처럼 몸 팔아 얻어 낸 그 농장 ― 내 농장을 말하는 거야!

애비 (뜨끔해서 맹렬하게) 이 농장의 풀 한 포기도 당신 것이 되는 날은 당신 생전에 없을 거야! (비명을 지르듯) 어서 내 눈앞에서 꺼져! 어서 그 창녀한테 가서 아버지와 내 체면을 깎아 먹어! 내가 마음만 먹으면 네 아버지가 널 말채찍으로 후려쳐서 이 집에서 내쫓게 만들 수도 있어! 내가 봐주니까 넌 여기 살 수 있는 거야! 가버려! 꼴도 보기 싫으니까! (말을 멈추고 그를 노려본다)

에벤 (시선을 되받아 노려보며) 나도 당신 꼴 보기 싫어!

(돌아서서 길 쪽으로 성큼성큼 걸어간다. 애비는 증오에 찬 눈길로 멀어지는 그의 모습을 쳐다본다. 늙은 캐벗이 외양간에서 나와 등장한다. 딱딱하고 냉혹했던 그의 얼굴이 달라져 있다. 묘하게 부드러워지고 명랑해진 듯 보인다. 그의 눈도 낯설고 어울리지 않게 꿈꾸는 듯한 성향을 지니고 있다. 아직 육체적으로 약해진 기미는 보이지 않는다. 오히려 더 건강하고 젊어 보인다. 애비는 그를 보자 혐오감을 감추지 않고 외면한다. 그가 천천히 그녀에게 다가간다)

캐벗 (온화하게) 또 에벤하고 다퉜나?

애비 (짧게) 아뇨.

캐벗 당신이 큰소리를 내던데? (포치 끝에 앉는다)

애비 (퉁명스럽게) 우리 말을 다 들었으면 물어볼 필요 없잖아요.

캐벗 뭐라고 말하는지는 못 들었지.

애비 (안심하며) 뭐……. 별 얘기 안 했어요.

캐벗 (잠시 후) 에벤은 묘한 놈이야.

애비 (신랄하게) 제 아버질 빼다 박았죠!

캐벗 (묘한 관심을 보이며) 그렇게 생각해, 애비? (사이. 생각에 잠겨) 그 녀석과 난 늘 싸우기만 했지. 그 녀석한테는 아무래도 견딜 수가 없었거든. 제 어미를 닮아 너무 나약해.

애비 (비웃듯이) 그럼요! 당신만큼이나 물렁하죠!

캐벗 (못 들은 척하며) 내가 그 녀석한테 너무 심하게 굴었는지도 모르지.

애비 (조롱하듯) 글쎄요……. 당신은 요즘 점점 물렁물렁해지고 있어요. 돼지죽처럼! 에벤도 그렇게 말하더군요.

캐벗 (순간적으로 냉혹하고 불길한 얼굴로) 에벤이 그랬다고? 음……. 그 녀석, 날 건드리지 않는 게 신상에 좋을 텐데. 안 그러면……. (사이. 애비는 계속 그를 외면하고 있다. 캐벗의 표정이 점차 부드러워진다. 하늘을 올려다본다) 참 곱지?

애비 (심술궂게) 곱긴 뭐가 고와요?

캐벗 하늘 말이야. 저 하늘에도 따뜻한 밭이 있을 것 같아.

애비 (비꼬며) 농장 위에 있는 하늘도 사려고요? (경멸하듯 킥킥 웃는다)

캐벗 (낯설게) 저곳에도 내 땅을 갖고 싶어. (사이) 난 늙었어, 애비. 익어서 나뭇가지에 매달려 있지. (사이. 그녀는 혼란스러운 듯 그를 쳐다본다. 그는 계속한다) 집 안은 항상 쓸쓸하고 추워. 밖이 찌는 듯이 더울 때도 말이야. 당신은 못 느꼈어?

애비 못 느꼈어요.

캐벗 외양간은 따뜻해. 암소들이랑 있으면 냄새도 좋고 푸근하지. (사이) 암소들은 묘해.

애비 당신처럼?

캐벗 에벤처럼. (사이) 점점 에벤한테 져줘야겠다는 느낌이 들어. 그 녀석 어미한테도 그런 느낌이었거든. 그 녀석의 부드러움을 나도 지녀 보려는 중이야. 제 어미가 가졌던 바로 그 부드러움. 그런 멍청한 바보만 아니었어도 내가 누구보다 그 녀석을 좋아할 수 있을 텐데. (사이) 이게 다 뼛골까지 스며드는 나이 탓이겠지.

애비 (무관심하게) 뭐……. 아직 죽진 않았잖아요.

캐벗 (기운 내서) 당연히 아직 안 죽었지. 그렇고말고. 난 아직 호두나무처럼 단단하고 건강해! (그러다가 침울해져서) 하지만 일흔이 지나면 하느님은 준비하라고 경고하시지. (사이) 그래서 에벤 생각이 나나 봐. 이제 그 빌어먹을 형 놈들은 신세 망치러 제 갈 길로 가 버렸고 남은 건 에벤뿐이잖아.

애비 (화가 나서) 여기 내가 있잖아요! (선동적으로) 뭐 때문에 갑자기 에벤이 좋다고 난리예요? 왜 나에 대해선 한마디도 없죠? 법적으로 난 당신 아내잖아요!

캐벗 (단조롭게) 그래, 당신이 있지. (사이. 열망하듯 그녀를 응시하는 그의 눈이 탐욕스럽게 빛난다. 그러다가 갑자기 그녀의 손을 낚아채서 움켜쥐고는 야외 집회에서 설교하는 목사처럼 묘한 어조로 선언하듯 말한다) 그대는 내 사론의 수선화[3]요! 보아라! 그대는 아름답도다.

3 「아가」 2장 1절 참조. 〈나는 사론의 수선화요 골짜기의 백합화로다.〉

그대의 눈은 비둘기의 눈, 입술은 진홍빛, 두 가슴은 한 쌍의 새끼 사슴 같고, 배꼽은 둥근 술잔 같고, 배는 밀을 쌓아 놓은 것 같도다······.[4] (애비의 손을 키스로 뒤덮는다. 그녀는 신경 쓰는 것 같지 않다. 화가 나 굳은 시선으로 앞만 응시하고 있다)

애비 (손을 뿌리치고 사납게) 그래서 에벤한테 농장을 물려줄 작정이에요?

캐벗 (어리둥절해서) 물려줘? (화가 나서 완강하게) 아무한테도 물려주지 않을 거야!

애비 (잔인하게) 죽을 때 가지고 갈 순 없잖아요.

캐벗 (잠깐 생각한 다음 마지못해) 그래, 그 생각을 못 했군. (잠시 후 이상한 격정에 사로잡혀) 하지만 가지고 갈 수만 있다면 가져갈 거야, 기필코! 혹은, 할 수만 있다면 내 임종 때 농장에다 불을 질러서 그것이 타는 걸 보고 싶어. 이 집과 옥수수 이삭 하나하나까지, 모든 나무들, 건초의 마지막 지푸라기 하나까지 다 태워 버리고 싶어! 모든 것들이 나와 함께 죽어 가는 것을 앉아서 지켜보고 싶거든. 아무도 내 것을 가질 수는 없어. 아무것도 없는 데서 순전히 나의 땀과 피로 일군 것들인데! (사이. 묘한 애정을 가지고 덧붙인다) 암소들만 빼고. 걔들은 놓아줄 거야.

애비 (거칠게) 그럼 나는요?

---

4 「아가」 4장 1~5절 참조.

캐벗 (묘한 미소를 지으며) 당신도 놓아줘야지.

애비 (격분해서) 그래, 내가 당신과 결혼한 대가가 겨우 그거예요? 당신을 미워하는 에벤한테 친절하게 대하도록 당신을 바꿔 놨더니, 이제 날 내쫓겠다는 말을 하는 거예요?

캐벗 (서둘러) 애비! 당신도 알잖아. 난 절대 —

애비 (보복하듯) 에벤에 대해 얘기 좀 해줄까요? 그가 어디 갔는지 알아요? 창녀 미니를 만나러 갔다고요! 내가 못 가게 말렸는데도, 당신과 내 얼굴에 먹칠하러 — 더구나 안식일에!

캐벗 (좀 죄스러워하며) 그놈은 타고난 죄인이야. 욕정이 그놈을 망칠 거야.

애비 (격분을 참지 못하고 복수심에 불타서) 게다가 나한테까지 욕정을! 그래도 괜찮다는 거예요?

캐벗 (그녀를 응시한다. 무거운 침묵 끝에) 당신한테 욕정을?

애비 (도전적으로) 나한테 수작을 걸려고 했다니까요. 우리가 싸우는 소리, 당신도 들었잖아요.

캐벗 (그녀를 응시한다. 곧이어 얼굴에 끔찍한 분노의 표정이 나타난다. 그가 부들부들 떨면서 벌떡 일어난다) 하느님께 맹세코 그놈을 끝장내 버릴 거야!

애비 (에벤이 걱정되고 겁이 나서) 아니, 안 돼요! 그러지 마요!

캐벗 (난폭하게) 엽총으로 그놈의 머리통을 저 느릅나무 꼭대기까지 날려 버릴 거야!

애비 (그를 껴안으며) 안 돼요, 이프리엄!

캐벗 (그녀를 난폭하게 밀며) 쏴버릴 거야, 맹세코!

애비 (차분한 어조로) 내 말 좀 들어 봐요, 이프리엄. 별일 아니에요. 그냥 애들 장난이에요. 진심으로 그런 건 아니라니까요. 그냥 농담하고 장난친 건데 ―

캐벗 그럼 당신은 왜 그런 말을 해? 욕정이라며?

애비 말처럼 그렇게 심한 건 아니었어요. 게다가 당신이 농장을 에벤한테 물려준다는 생각을 하니 내가 제정신이 아니었나 봐요.

캐벗 (진정은 좀 되었지만 여전히 냉정하고 잔인한 말투로) 뭐……. 그렇다면 말채찍으로 후려친 다음 이 집에서 내쫓는 걸로 하지. 그 정도로 당신이 만족한다면 말이야.

애비 (손을 뻗어 그의 손을 잡고) 안 돼요. 난 괜찮다니까요! 그를 내쫓으면 안 돼요. 그건 분별없는 짓이에요. 그러면 누가 농장에서 당신 일을 도와주겠어요? 이 근방에는 아무도 없는데.

캐벗 (생각해 보고 나서 고개를 끄덕이며) 당신 말이 맞아. (그러고는 퉁명스럽게) 그럼 그냥 놔두지 뭐. (포치 끝에 앉는다. 애비도 옆에 앉는다. 그가 경멸하듯 중얼거린다) 그런 멍청한 애송이한테는 화낼 필요도 없어.

(사이) 하지만 중요한 문제는 이거야. 내 아들들 가운데 어떤 녀석이 이 농장을 유지해 나갈 거냐는 거지. 주님께서 날 데려가신 다음에 말이야. 시미언과 피터는 망할 곳으로 가버렸고……. 에벤도 그놈들을 따라가겠지.

애비 내가 있잖아요.

캐벗 당신은 여자잖아.

애비 난 당신 아내예요.

캐벗 아내는 내가 될 수 없어. 아들은 곧 나지만. 내 핏줄이고…… 내 거야. 내 핏줄이 내 재산을 가져야 해. 그래야 계속 내 것이 될 수 있거든. 비록 내가 저 깊은 땅속에 묻혀 있다 할지라도. 알겠어?

애비 (증오에 찬 시선을 던지며) 그래요……. 알았어요. (생각에 잠긴다. 빈틈없는 표정으로 눈은 교활하게 캐벗을 살핀다)

캐벗 난 점점 더 늙어 가……. 다 익어서 가지에 매달려 있지. (그러고는 갑자기 억지로 안심하면서) 하지만 아직은 그렇게 쉽게 부서질 내가 아니지. 앞으로 몇 년은 문제없어! 1년 중 어느 날이 됐건, 또 어떤 종류의 일이건, 난 대부분의 젊은 놈들쯤은 다 이겨 먹을 수 있으니까!

애비 (갑자기) 어쩌면 하느님이 우리에게 아들을 주실지도 몰라요.

캐벗 (돌아서서 간절하게 그녀를 바라본다) 그 말은…… 나와 당신 사이의…… 아들?

애비 (부추기듯 미소를 띠며) 당신은 아직도 강한 남자잖아요……. 그렇죠? 전혀 불가능한 일은 아니잖아요. 우린 그걸 알아요. 왜 그런 눈으로 쳐다봐요? 당신은 그런 생각 한 번도 안 해봤어요? 난 항상 그 생각을 해왔는데. 그래요, 그렇게 되게 해달라고 기도도 해왔어요.

캐벗 (기쁨과 자부심과 일종의 종교적 황홀경으로 얼굴이 가득 차면서) 애비, 당신이 기도를 해왔다고? 우리한테 아들을 달라고?

애비 네, 그래요. (단호한 결의를 나타내며) 지금 난 아들을 원해요.

캐벗 (흥분해서 그녀의 양손을 움켜잡고) 그러면 그건 하느님의 축복이야, 애비. 늙고 고독한 나에게 내려 주시는 하느님의 축복이라고! 그렇게만 된다면야 내가 당신한테 뭔들 못 해주겠어? 당신이 원하는 게 있으면 뭐든지 말만 하면 돼!

애비 (말을 중단시키며) 그럼 그땐 나한테 농장을 물려줄 거예요? 나와 아이한테?

캐벗 (열렬하게) 당신이 원하는 건 뭐든지 해줄 거야, 맹세할게! 안 해준다면 내가 영원한 지옥으로 떨어져도 좋아! (그녀를 끌어내려 옆에 앉히면서 무릎을 꿇는다.

희망에 찬 열정으로 그의 온몸이 떨린다) 주님께 다시 기도해, 애비. 오늘은 안식일이야! 나도 같이 할게! 두 사람의 기도가 한 사람의 기도보다 낫겠지. 하느님께서 라헬의 기도를 들어주셨도다.[5] 그리고 하느님께서 애비의 기도를 들어주셨도다! 기도해, 애비! 하느님께서 들으시도록! (고개를 숙이고 중얼거린다. 애비도 기도하는 체하고는 있지만 경멸과 승리에 찬 눈길로 그를 곁눈질한다)

---

5 「창세기」 30장 22절 참조. 〈하느님께서는 라헬도 돌보시어 그의 기도를 들으시고 그의 태를 열어 주셨다.〉

제2장

저녁 8시쯤. 2층에 있는 두 침실의 내부가 보인다. 에벤이 왼쪽 방 자신의 침대에 앉아 있다. 더위 때문에 속옷과 팬티만 빼고 옷을 모두 벗고 있다. 발도 맨발이다. 정면을 향한 채 침울한 모습으로 생각에 잠겨 두 손으로 턱을 괴고 있는데 절망적인 표정이다.

또 다른 방에서는 캐벗과 애비가 침대 모서리에 앉아 있다. 네 개의 기둥이 있고 깃털 매트리스가 깔린 구식 침대다. 캐벗은 남성용 잠옷 셔츠를, 애비는 여성용 나이트가운을 입고 있다. 캐벗은 아들을 갖게 될지도 모른다는 생각에 아직도 묘한 흥분 상태다. 두 방 모두 수지 양초로 밝힌 불빛이 희미하게 깜박거리고 있다.

캐벗 농장에는 아들이 필요해.
애비 나도 아들이 필요해요.
캐벗 참…… 그렇군. 때로는 당신이 농장이고 또 때로는 농장이 당신이기도 하지. 내가 고독 속에서 당신에게 애착을 느끼는 것도 그 때문이야. (사이. 주먹으로 무릎을 두드린다) 나하고 농장은 반드시 아들을 하나 낳아야 해!

애비 당신은 잠을 좀 자는 게 좋겠어요. 지금 제정신이 아니에요.

캐벗 (조급한 몸짓으로) 아니야, 내 정신은 종소리만큼이나 맑아. 당신이 날 잘 몰라서 그래. (어쩔 수 없다는 듯 바닥을 응시한다)

애비 (무관심하게) 그럴지도 모르죠. (옆방에서는 에벤이 일어나 마음이 심란한 듯 왔다 갔다 하고 있다. 애비가 그 소리를 듣는다. 그녀는 둘을 가로막고 있는 벽에 시선을 집중하고 뚫어지게 응시한다. 에벤도 발을 멈추고 벽을 응시한다. 그들의 뜨거운 눈길이 벽을 뚫고 서로 만나는 것만 같다. 에벤은 자신도 모르게 그녀를 향해 팔을 뻗고 애비도 반쯤 일어선다. 곧 에벤은 상황을 깨닫고 스스로에게 욕설을 중얼거리며 고개를 떨어뜨리고 침대 위로 몸을 던진다. 그러고는 불끈 쥔 주먹을 머리 위로 뻗으며 베개에 얼굴을 묻는다. 애비는 가냘픈 한숨을 토해 내며 긴장을 풀지만 시선은 여전히 벽 쪽에 고정되어 있다. 온 신경을 집중해 에벤이 움직이는 소리를 들으려 한다)

캐벗 (갑자기 고개를 들어 그녀를 본다. 경멸하듯) 당신이 과연 날 알 수 있을까? 어느 누가 날 알 수 있을까?

(고개를 흔들며) 아니, 아무도 날 모를 거야. (돌아선다. 애비는 벽을 보고 있다. 자신의 생각에 대해서 침묵할 수 없게 되자 결국 캐벗은 아내를 보지도 않고 손을 뻗어 그녀의 무릎을 움켜쥔다. 그녀는 화들짝 놀라 남편을 쳐다본다. 하지만 그가 자신을 보지 않는다는 것을 알고는 다시 벽에다 시선을 집중한다. 남편이 하는 말에는 주의를 기울이지 않는다) 내 말 좀 들어 봐, 애비. 50여 년 전 내가 여기 처음 왔을 때 난 겨우 스무 살이었고 당신이 지금까지 본 누구보다 힘세고 단단했었어. 에벤보다 열 배는 강하고 쉰 배나 단단했지. 그때 이곳에는 자갈밭 말고 아무것도 없었어. 내가 이곳을 사자 다들 비웃었지. 내가 알고 있었던 걸 그들은 몰랐던 거야. 우리가 자갈밭에서 옥수수를 키워 낼 때 하느님이 함께하신다는 걸 말이야! 사람들은 그럴 만큼 강인하질 못했어! 하느님을 얕잡아 봤지. 그들은 비웃었어. 하지만 더 이상 웃지 못해. 어떤 이들은 이 근처에서 죽었고 어떤 이들은 서부로 가서 죽었어. 너그러운 신만을 쫓다가 다들 무덤 속에 있지. 하느님은 관대하지 않아. (천천히 고개를 흔든다) 그래서 난 혹독한 사람이 됐지. 사람들은 혹독한 것이 무슨 죄악이나 되는 양 날 비난했어. 그래서 결국 내가 그 사람들한테 말해 줬지. 당신들은 날 혹독한 인간이라고 하지만, 언젠가는 그게 얼마나 좋은 건지 알게 될 거라고! (그러

다가 문득) 하지만 나도 꼭 한 번은 약해진 적이 있었어. 여기 오고 2년쯤 지났을 때였는데 마음이 약해지고 절망에 빠졌지. 돌이 너무 많았거든. 그때 모든 것을 포기하고 이곳을 떠나 서부로 가는 무리가 있었어. 나도 그들과 합류했지. 우리는 걷고 또 걸었어. 그래서 흙이 검고 비옥한 게 마치 황금 같은 드넓은 초원에 도착했어. 돌도 없고 농사짓기가 쉬웠어. 그냥 밭을 갈고 씨를 뿌려 놓은 다음 담배나 피우면서 곡식이 자라는 걸 지켜보기만 하면 됐거든. 난 부자가 될 수도 있었어. 하지만 무엇인가가 내 안에서 날 채찍질하는 거야. 그건 하느님의 목소리였지. 〈이런 곳은 내게 아무런 가치도 없는 곳이다. 고향으로 돌아가라!〉 그 목소리가 두려워 이곳으로 돌아왔지. 땅에 대한 권리와 수확한 것들은 원하는 사람들이 가질 수 있도록 다 놔두고 말이야. 그래, 실제로 난 온전한 내 것을 다 포기한 거야! 하느님은 엄한 분이지 너그러운 분이 아니야! 하느님은 돌들 속에 계시거든! 반석 위에 나의 교회를 세울지어다……. 돌들로……. 그러면 내가 그 속에 있을 것이다! 그게 하느님이 베드로에게 하신 말씀이야.[6] (무겁게 한숨을 쉰다. 사이) 돌들, 난 그 돌들을 주워서 담을 쌓아 올렸어. 당신은 저 돌담 속에서 지나온 나의 세월을 읽을 수 있을 거야. 매일같이 나

---

6 「마태오의 복음서」 16장 18절 참조.

는 언덕을 오르내리며 무거운 돌을 날랐어. 내 밭에다 울타리를 치고 아무것도 없는 돌밭에서 농작물을 자라게 했지……. 하느님의 뜻인 것처럼, 하느님의 종처럼. 쉬운 일은 아니었어. 그건 고된 일이었고 그 일을 위해 하느님은 나를 억척스럽게 만드셨지. (잠시 멈춘다) 그러는 동안 난 점점 더 외로워졌어. 아내를 얻었지. 그녀가 시미언과 피터를 낳았어. 좋은 여자였고 일도 열심히 했어. 우린 20년 동안 결혼 생활을 했지만 그녀는 결코 날 알지 못했지. 날 도와주긴 했지만 자신이 어떤 도움을 주는지조차 몰랐어. 난 항상 외로웠어. 그리고 아내가 죽었지. 그 후 잠시 동안은 그다지 외롭지 않더군. (사이) 몇 년이 흘러갔는지도 잊어버렸어. 그런 거나 세면서 낭비할 시간이 없었거든. 시미언과 피터가 도와줘서 농장이 점점 커졌지. 모두 내 것이었지! 그 생각을 할 때면 난 외롭지 않았어. (사이) 하지만 밤낮으로 한 가지 생각에만 집착할 순 없잖아. 난 다시 아내를 들였어……. 에벤의 어미 말이야. 그 여자네 친정 식구들이 내 농장 소유권을 놓고 소송을 걸었지……. 내 농장을! 그래서 에벤이 자꾸 이 농장이 제 어미 것이라고 우겨 대는 거야. 그 여자가 에벤을 낳았어. 그녀는 예뻤지만 너무 여렸어. 강해지려고 노력했지만 잘 안됐지. 그 여자도 나를 이해하지 못했어. 아무것도 몰랐지. 그 여자랑 같이 있는 건 더 외롭고 지옥 같았어. 16년 동안 같이 살다가 그녀도 죽고 말았지. (사이) 아들놈들과 살았지만, 그 녀석들은 내가 지독하게 군다고 싫어했어. 나도 그놈들이 너무 물러서 싫었어. 그놈들은 농장이 어떤 의미를 지니는지도 모르면서 무조건 탐내기만 했지. 그게 날 괴롭게 만들고 늙게 만들었어. 나를 위해 기껏 만들어 놓은 이 농장을 넘보니까. 그러다 올봄에 부름을 받은 거야. 나의 황무지에서 외치시는 하느님의 목소리를 들었어……. 나가서 구하고 찾아라! (이상한 열정을 가지고 그녀에게 돌아서며) 난 당신을 구했고 찾았지! 당신은 나의 사론의 수선화! 당신의 눈은 마치 — (그녀는 무표정한 얼굴로 돌아서서 그에게 원망스러운 눈길을 보낸다. 그는 잠시 그녀를 응시하다가 거칠게 말한다) 내가 하는 말을 이해는 하는 거야?

애비 (당황해서) 아마도.

캐벗 (그녀를 밀쳐 버리고 화가 나서) 당신은 아무것도 몰라……. 앞으로도 모를 거고. 만약에 당신 자신을 속죄하기 위한 아들을 못 낳는다면……. (차갑게 위협하는 어조다)

애비 (원망스럽게) 계속 기도했잖아요?

캐벗 (혹독하게) 다시 기도를 해. 제대로!

애비 (은근한 협박조로) 당신은 나한테서 아들을 볼 거예요. 약속할게요.

캐벗 뭘 믿고 약속한다는 거야?

애비 아마 내가 천리안을 가진 거겠죠. 난 예언할 수 있어요. (묘한 미소를 짓는다)

캐벗 나도 당신이 그럴 수 있다고 믿어. 당신, 가끔 날 오싹하게 만들 때가 있거든. (몸서리친다) 이 집은 추워. 편치가 않아. 어둠 속에서 뭔가가 돌아다니는 것 같아……. 구석구석. (바지를 입으며 잠옷 셔츠를 바지 속에 구겨 넣고 부츠를 신는다)

애비 (놀라서) 어딜 가려고요?

캐벗 (묘하게) 저기 편한 데 — 따뜻한 외양간에. (쓸쓸하게) 암소들하고는 얘기가 통하니까. 그놈들은 알아. 그놈들은 농장과 날 알거든. 소들이 날 편안하게 해줄 거야. (문을 나가려고 돌아선다)

애비 (약간 놀라서) 오늘 밤엔 몸이 불편한 거예요, 이프리엄?

캐벗 가지에 매달려 익어 가는 몸이니까. (돌아서서 나간다. 쿵쿵 소리를 내며 계단을 내려간다. 놀란 에벤이 일어나 앉아 귀를 기울인다. 애비는 그의 움직임을 감지하고 벽을 응시한다. 캐벗은 집을 나와 모퉁이를 돌아 대문 옆에 서서 눈을 깜박이며 하늘을 본다. 고통스러운 몸짓으로 두 손을 위로 뻗는다) 전능하신 하느님, 어둠 속에서 저를 불러 주소서! (응답을 기다리듯 귀를 기울인다. 그러다가 팔을 떨어뜨리고 고개를 저으며 외양간 쪽으로

터벅터벅 걸어간다. 에벤과 애비는 벽을 통해 서로를 응시한다. 에벤이 무거운 한숨을 쉬자 애비도 따라 한다. 둘 다 몹시 긴장하고 불안해한다. 결국 애비가 일어나 벽에 귀를 대고 듣는다. 에벤은 마치 그녀의 움직임을 다 보고 있는 것처럼 행동한다. 그는 결심한 듯 조용해진다. 애비 또한 어떤 결심이 선 듯 단호하게 뒷문으로 나간다. 그의 시선이 그녀를 쫓는다. 곧 조용히 그의 방문이 열리자 에벤은 그녀를 외면하며 긴장된 자세로 기다린다. 애비는 욕망에 불타는 눈으로 그를 응시하며 잠시 서 있다. 그러다가 작은 소리로 외치며 뛰어가 두 팔로 그의 목을 끌어안고는 그의 머리를 뒤로 젖혀 키스로 그의 입을 덮친다. 에벤은 처음에는 그녀가 하는 대로 내버려 두다가 자신도 그녀의 목을 끌어안고 키스를 되돌려 준다. 그러나 갑자기 그녀에 대한 자신의 증오를 깨닫고 펄쩍 뛰면서 여자를 밀쳐 낸다. 그들은 두 마리의 짐승처럼 숨을 헐떡거리며 말없이 서 있다)

애비 (마침내 고통스럽게) 그러지 마, 에벤. 그래서는 안 돼. 내가 당신을 행복하게 해줄 건데!

에벤 (거칠게) 당신이 주는 행복 따위, 필요 없어!

애비 (무기력하게) 당신도 원하잖아! 왜 거짓말을 해?

에벤 (악의적으로) 난 당신이 싫어! 꼴도 보기 싫어!

애비 (애매하고 괴로운 웃음을 띠며) 뭐, 어쨌든 난 당신한테 키스했고 당신도 키스를 해왔어. 당신 입술은 불타고 있었고. 그건 부정 못 하겠지! (열렬히) 날 좋아하지 않는다면 왜 내 키스에 응했지? 왜 당신 입술이 뜨거워졌지?

에벤 (입을 닦으며) 입술에 독약이라도 닿는 것 같았어. (조롱하듯) 키스에 응했을 땐, 내가 아마 당신을 딴 여자로 착각했나 보네.

애비 (사납게) 미니?

에벤 그럴지도.

애비 (고통스러워하며) 그 여자를 만나러 갔던 거야? 진짜 갔었어? 그러지 않을 거라고 생각했는데. 그래서 지금 날 밀쳐 낸 거야?

에벤 (코웃음 치며) 그랬다면 어쩔 건데?

애비 (분노하며) 그러면 넌 개자식이야, 에벤 캐벗!

에벤 (위협적으로) 나한테 그따위로 말하지 마!

애비 (새된 소리로 웃으며) 내가 왜 못 해? 내가 널 사랑한다고 생각하는 거야? 너 같은 약골을? 천만에! 단지 내 목적을 이루기 위해 네가 필요했던 것뿐이야. 그래서 난 널 가질 거야. 내가 너보다 더 강하니까!

에벤 (분개해서) 그게 모든 걸 집어삼키기 위한 당신 계략의 일부라는 건 나도 다 알고 있었어!

애비 (조롱하듯) 그랬겠지.

에벤 (격노해서) 내 방에서 꺼져!

애비 이 방은 내 거야. 넌 고용된 일꾼일 뿐이고!

에벤 (위협적으로) 죽여 버리기 전에 나가!

애비 (이제는 매우 확신에 차서) 난 하나도 겁 안 나. 넌 날 원하잖아! 맞아, 넌 날 원해! 그리고 넌 네 아버지처럼 자기가 원하는 걸 결코 죽이지 못해! 네 눈을 봐! 나를 향한 욕정으로 타오르고 있어! 자, 네 입술도 봐! 나한테 키스하고 싶어서 부들부들 떨고 있고, 이빨은 날 물고 싶어 하잖아! (에벤은 두려운 매혹에 빠져 그녀를 지켜보고 있다. 애비는 미친 듯이 승리의 웃음을 터뜨린다) 이 집을 모두 내 걸로 만들 거야! 아직 내 것이 아닌 공간이 하나 있지만 오늘 밤에 내 것이 될 거야. 이제 아래로 내려가서 불을 밝힐 거니까! (에벤에게 조롱하듯 절을 한다) 미스터 캐벗, 가장 멋진 방으로 오셔서 절 유혹해 보지 않으시겠어요?

에벤 (몹시 당황해서 그녀를 응시하며 멍하게) 당신이 어떻게 감히 — 어머니가 돌아가신 뒤로 아무도 그 방을 건드리지 않고 그대로 놔뒀는데! 안 돼……! (그러나 애비의 시선이 너무나 뜨겁게 그를 응시하고 있어서 그녀 앞에서 의지가 약해지는 듯하다. 무기력하게 그녀 쪽으로 몸을 흔들며 서 있다)

애비 (그에게서 시선을 떼지 않은 채 문 쪽으로 뒷걸음질 치며, 말에 의지를 담아) 오래 기다리게 하지 마, 에벤.

에벤 (문으로 걸어가면서 잠시 그녀가 나간 쪽을 응시한다. 아래층 큰방, 어머니의 방에 불이 켜진다. 그가 중얼거린다) 그 방에서……? (이 말이 함축된 무언가를 불러 일으킨 듯, 그는 되돌아와서 흰 셔츠와 칼라를 걸치고 타이를 느슨하게 맨 후 코트를 입고 모자를 집어 든다. 그러고는 맨발로 서서 어리둥절한 상태로 주위를 돌아보며 이상하다는 듯 중얼거린다) 어머니! 어디 계세요? (뒤에 있는 문을 향해 천천히 걸어간다)

제3장

 몇 분 후. 큰방 내부가 보인다. 생매장된 가족의 무덤처럼 섬뜩하고 억압된 느낌을 주는 방이다. 애비가 말가죽 소파 끝에 앉아 있다. 그녀가 촛불을 모두 켜놓은 탓에 방이 보존하고 있는 추한 모습이 낱낱이 드러나 있다. 여자에게서 변화가 일어난다. 이제 그녀는 두렵고 무서워서 도망이라도 치고 싶은 모습이다.

 문이 열리고 에벤이 나타난다. 뭔가에 홀린 듯 그의 얼굴은 혼란에 빠져 있다. 그는 팔을 늘어뜨린 채 손에는 모자를 들고 맨발로 서서 여자를 응시한다.

애비 (잠시 후 긴장한 채 형식적으로 예의를 차리며) 앉지 그래?

에벤 (멍하게) 아…… 그래. (기계적으로 모자를 문 옆 바닥에 살며시 내려놓고 긴장한 채 소파 끝 그녀 옆에 앉는다. 사이. 둘 다 뻣뻣하게 굳어서 공포에 가득 찬 눈으로

정면을 바라보고 있다)

애비 처음 이 방에 들어왔을 때, 어둠 속에 뭔가가 있는 것 같았어.

에벤 (담담하게) 어머니야.

애비 아직도 느껴져. 뭔가 —

에벤 어머니라니까.

애비 처음엔 그게 무서웠어. 소리를 지르며 도망가고 싶었어. 지금은 — 당신이 들어오고 난 뒤부터는 그게 나한테 부드럽고 상냥해진 것 같아. (허공에 대고 묘하게 말한다) 고마워요.

에벤 어머니는 항상 날 사랑하셨지.

애비 내가 당신을 사랑하는 것도 아시나 봐. 그 때문에 나에게 친절해지신 것 같아.

에벤 (멍하게) 몰라. 내 생각엔 당신을 미워하실 것 같은데.

애비 (확신을 가지고) 아니야, 이젠 그렇지 않다는 걸 난 느낄 수 있어.

에벤 당신을 미워하실 거야. 어머니의 자리를 훔쳤으니까……. 여기 그분의 집에…… 그녀가 누워 있던 방에 들어왔으니까 — (갑자기 말을 멈추고 멍청하게 앞을 응시한다)

애비 왜 그래, 에벤?

에벤 (속삭이듯) 어머니는 내가 당신한테 그런 말을 하는 걸 원치 않는 것 같아.

애비 (흥분해서) 난 알아, 에벤! 나에게 친절하셔! 내가 결코 알지 못했고 어쩔 수 없었던 일에 대해 그분이 나한테 원한을 품으실 리가 없어!

에벤 어머닌 아버지한테 원한이 있지.

애비 그래……. 우리도 다 그렇잖아.

에벤 맞아. (열정적으로) 나도 그래!

애비 (그의 한쪽 손을 자신의 손으로 감싸고 토닥이며) 이제 아버지를 생각하면서 열받을 필요 없어. 우리한테 친절하신 어머니만 생각해. 내게 어머니 얘기 좀 해줘, 에벤.

에벤 얘기할 것도 별로 없어. 어머닌 상냥하고 좋은 분이셨지.

애비 (한쪽 팔을 그의 어깨 위에 올려놓으며 — 그는 모르는 눈치다 — 열정적으로) 나도 당신한테 상냥하고 좋은 사람이 될 거야!

에벤 때로는 노래도 불러 주셨지.

애비 나도 불러 줄게!

에벤 여긴 그분의 집이었고 그분의 농장이었어.

애비 여긴 내 집이고 내 농장이야!

에벤 아버지는 이곳을 가로채려고 어머니와 결혼한 거였어. 어머니는 부드럽고 너그러운 분이셨어. 아버지는 그분의 진가를 알지 못했어.

애비 그 사람은 내 진가도 몰라준다니까!

에벤 아버지의 혹독함이 어머니를 죽게 만든 거야.

애비 나도 죽일 거야!

에벤 어머닌 죽었어. (사이) 가끔 노래도 불러 주곤 하셨는데. (갑자기 흐느낀다)

애비 (양팔로 그를 안으며 거친 열정으로) 내가 당신을 위해 노랠 불러 줄게! 내가 당신을 위해 죽을게! (저항할 수 없는 정욕에도 불구하고 그녀의 태도와 목소리에는 진지한 모성애가 담겨 있다. 정욕과 모성애의 조합이 무서울 정도로 적나라하게 드러난다) 울지 마, 에벤! 내가 당신 엄마가 되어 줄게! 어머니가 당신한테 해주셨던 건 뭐든 다 해줄 거야! 키스해 줄게, 에벤! (남자의 머리를 끌어당긴다. 그는 당황해서 저항하는 시늉을 한다. 애비는 상냥하게 계속한다) 두려워하지 마! 순결한 키스를 할 거야, 에벤. 마치 어머니가 당신에게 하는 것 같은 키스. 그리고 당신도 아들이 어머니에게 하듯 내게 키스를 돌려줄 수 있어. 내 아들, 에벤……내게 잘 자라고 말하며 키스해 주려무나. (그들은 자제하는 모양새로 키스를 한다. 그러다가 갑자기 거친 열정이 여자를 압도한다. 그녀는 탐욕스럽게 키스를 되풀이한다. 남자도 그녀를 껴안고 키스를 보낸다. 그러다 갑자기 침실에서처럼 난폭하게 그녀에게서 몸을 빼고 벌떡 일어선다. 이상한 공포에 사로잡혀 온몸을 부들부들 떤다.

애비가 그에게 두 팔을 내밀며 간절히 애원한다) 날 떠나지마, 에벤! 어머니와 아들처럼 사랑하는 것만으론 부족하다는 걸 모르겠어? 지금 우리 사이의 이런 사랑이 당신과 나를 훨씬 더 — 1백 배나 더 행복하게 만들 수 있다는 걸 모르겠어?

에벤 (방 안에서 느껴지는 어떤 존재를 향해) 어머니! 어머니! 제가 어떻게 하길 바라세요? 뭐라고 말씀하시는 거예요?

애비 날 사랑하라고 말씀하시잖아. 어머닌 내가 당신을 사랑하고 있고, 당신한테 잘할 거라는 걸 알고 계셔. 느껴지지 않아? 모르겠어? 날 사랑해 주라고 하시잖아, 에벤!

에벤 그래, 그러실지도……. 하지만 난 모르겠어. 왜 어머니가 당신이 자신의 자리를 차지하려는 이때…… 여기 그분의 집에서…… 그분이 계시던 이 방에서…….

애비 (사납게) 내가 당신을 사랑하는 걸 아시니까!

에벤 (갑자기 얼굴이 밝아지며 사나운 승리의 미소가 떠오른다) 알겠어! 그 이유를 알겠다고. 이건 아버지에 대한 그분의 복수야. 그래야 무덤에서 평온하게 쉬실 수 있을 테니까!

애비 (거칠게) 우리 모두에 대한 하느님의 복수야! 누굴 원망하겠어? 사랑해, 에벤! 하느님도 그걸 아실 거야! (그에게 두 팔을 내민다)

에벤 (소파 옆에 무너지며 무릎을 꿇고 여자를 끌어안는다. 갇혀 있던 모든 열정을 해방시키며) 나도 당신을 사랑해, 애비! 이젠 말할 수 있어! 당신이 처음 왔을 때부터 매 순간 죽을 만큼 당신을 원해 왔어. 사랑해! (입술이 멍들 정도로 격렬하게 키스한다)

제4장

농가의 외부. 동틀 무렵이다. 오른쪽에 있는 현관문이 열리고 에벤이 나와 대문 쪽으로 걸어간다. 작업복을 입고 있다. 그는 변한 것 같다. 얼굴에는 대담하고 확신에 찬 표정이 나타나고 확실한 만족감에 차서 혼자 웃고 있다. 그가 대문 근처에 이르렀을 때 방 창문이 열리는 소리가 들리고, 이어 차양을 젖히며 애비가 고개를 내민다. 그녀의 머리카락은 헝클어져 어깨에 내려와 있고 얼굴은 발갛게 달아올랐다. 부드럽고 나른한 눈길로 에벤을 바라보며 상냥하게 그를 부른다.

애비 에벤. (그가 돌아서자 장난치듯) 가기 전에 한 번만 더 키스해 줘. 하루 종일 너무 보고 싶을 거야.
에벤 분명히 나도 그럴 텐데 뭐. (그녀에게 가서 몇 차례 키스하고 물러난다. 웃으며) 자, 이제 됐지? 다음에 할 것도 좀 남겨 놔야지.

애비   앞으로 1백만 번은 더 할 수 있어! (그러고는 약간 걱정스럽게) 날 정말 사랑해, 에벤?

에벤   (강하게) 내가 만났던 어떤 여자보다 당신이 좋아! 진짜야!

애비   좋아하는 건 사랑이 아니잖아.

에벤   뭐, 그렇다면…… 사랑해. 이제 만족해?

애비   응, 만족해. (그에게 흠모의 미소를 보낸다)

에벤   난 외양간에 가는 게 좋겠어. 노인네가 의심이 많아서 몰래 와볼지도 모르거든.

애비   (자신만만하게 웃으며) 그러라고 해! 난 언제든지 그를 속일 수 있으니까. 햇빛과 공기가 들어오도록 차양을 열어 놓아야겠어. 이 방은 너무 오랫동안 닫혀 있었어. 이제 내 방이잖아!

에벤   (찡그리며) 으응.

애비   (서둘러) 내 말은…… 우리 방이라고.

에벤   그래.

애비   어젯밤에 우리 걸로 만들었잖아. 우리의 사랑으로 그 방에 생명을 불어넣어 줬지. (사이)

에벤   (야릇한 표정으로) 어머니는 무덤으로 돌아가셨어. 이제 편히 쉬실 거야.

애비   평안히 쉬시길! (부드럽게 타이르듯) 오늘 아침에 슬픈 얘기는 하면 안 돼!

에벤   그냥 저절로 내 마음속에 떠올랐어.

애비 그러지 마. (그는 대답이 없다. 그녀가 하품을 한다) 그럼 난 눈 좀 붙여야 할 것 같애. 노인네한테는 몸이 좀 안 좋다고 말해야지. 아침은 혼자 해 먹으라고 하고.

에벤 아버지가 외양간에서 나오는 게 보이네. 당신은 매무새 고치고 2층으로 올라가는 게 좋겠어.

애비 알았어. 가봐. 나 잊으면 안돼. (그에게 키스를 보낸다. 그는 싱긋 웃고 나서 어깨를 펴고 자신만만하게 아버지를 기다린다. 왼편에서 캐벗이 천천히 걸어 올라와 멍한 얼굴로 하늘을 올려다본다)

에벤 (명랑하게) 좋은 아침이에요, 아버지. 대낮에 별 보고 계세요?

캐벗 멋지지 않니?

에벤 (자기 것인 양 주변을 둘러본다) 참 멋진 농장이죠!

캐벗 난 하늘을 말한 거야.

에벤 (웃으며) 어떻게 아세요? 아버지 눈으론 그렇게 멀리까지 못 보실 텐데. (자신의 농담이 우스워 허벅지를 치며 웃는다) 하하! 재미있네!

캐벗 (냉혹하게 비꼬며) 무척 기분이 좋은가 보구나? 술이라도 훔쳐 먹었냐?

에벤 (온순하게) 술 안 먹었어요. 인생이 그렇다는 거죠. (갑자기 손을 내밀고 진지하게) 우린 비겼어요. 악수하죠.

캐벗 (의심스럽게) 너 갑자기 왜 그러냐?

에벤 싫으면 말고요. 하나 마나 그게 그거니까. (잠시 사이) 내가 왜 이러냐고요? (묘하게) 어머니가 왔다 가신 거 못 느꼈어요?

캐벗 (멍하게) 누가?

에벤 어머니요. 이제 만족스럽게 영면에 드실 거예요. 아버지한테 복수했으니까요.

캐벗 (혼란스러워서) 난 푹 쉬었다. 소들하고 잘 잤어. 그놈들은 자는 법을 알거든. 날 가르친다니까.

에벤 (갑자기 다시 명랑해져서) 소들은 좋겠네요! 자……. 그럼 일하러 가시죠.

캐벗 (험한 얼굴로 재미있어하며) 네가 나한테 이래라저래라 명령하는 거냐? 너 같은 멍청이가?

에벤 (웃기 시작하며) 맞아요! 명령하는 거예요! 하하하! 아버지도 좋아하시네요! 하하하! 제가 이 닭장 최고의 수탉이에요! 하하하! (웃으며 외양간 쪽으로 간다)

캐벗 (경멸과 연민을 담은 시선으로 에벤이 나간 쪽을 바라본다) 모자란 놈, 꼭 제 어미 같아. 아주 쏙 빼닮았지. 저놈은 가망이 없어! (경멸에 찬 혐오감으로 침을 뱉는다) 타고난 바보! (무미건조하게) 이제…… 배가 고파 오는군. (문 쪽으로 간다)

막이 내린다.

겁먹은 모습으로 조용히 요람으로 다가가 아기를 내려다보며 서 있다. 혼란스러운 태도만큼이나 그의 표정도 모호하다. 그러나 부드러운 기운과 흥미로운 발견을 한 듯한 흔적이 얼굴에 나타나 있다. 그가 요람에 다가간 그 순간 애비 또한 뭔가를 느낀 것 같다. 힘없이 일어나 캐벗에게 다가간다)

애비 아기한테 올라가 봐야겠어요.

캐벗 (진심으로 걱정이 돼서) 계단을 올라갈 수 있겠어? 내가 도와줄까, 애비?

애비 아뇨, 괜찮아요. 금방 내려올게요.

캐벗 무리하면 안 돼! 그 녀석이 당신을 필요로 한다는 걸 잊지 마……. 우리 아들 말이야! (그녀의 등을 두드리며 다정하게 웃는다. 그의 손길에 애비가 움찔한다)

애비 (멍하게) 건드리지 말아요. (간다. 캐벗은 그녀의 뒷모습을 바라본다. 속삭이는 소리가 방 안에 울려 퍼지다가 캐벗이 돌아보자 멈춘다. 그는 이마에 흐르는 땀을 훔친다. 가쁜 숨을 몰아쉰다)

캐벗 밖에 나가서 신선한 공기라도 쐬야겠어. 현기증이 좀 나서. 깽깽이도 켜고 다들 춤이나 춰! 술은 실컷 마실 만큼 있으니까. 즐기라고! 금방 돌아올게. (문을 닫으면서 나간다)

악사 (비꼬며) 우리 때문에 서두르지는 마요. (억누른 웃음소리. 그가 애비의 흉내를 낸다) 에벤은 어디 있어요?

제3막

제1장

이듬해 늦봄 어느 날 밤. 부엌과 2층의 두 침실이 보인다. 침실에는 각각 수지 양초로 불이 밝혀져 있다. 에벤은 자신의 방 침대 가장자리에 앉아 있다. 두 주먹에 턱을 괸 채 마음속 갈등을 이해하기 위해 고뇌하는 표정이다. 댄스파티가 한창인 아래층 부엌에서 들려오는 시끄러운 웃음소리와 음악 소리가 그를 괴롭고 심란하게 만든다. 그는 마룻바닥을 노려본다.

옆방에는 침대 옆에 아기 요람이 놓여 있다.

부엌은 완연한 축제 분위기다. 춤추는 사람들에게 더 넓은 공간을 제공하기 위해 스토브는 치워 두고 나무 벤치들과 의자들은 벽 쪽으로 밀어 놓았다. 의자와 벤치에는 이웃 농장에서 온 농부들과 그들의 아내들, 그리고 젊은 남녀들이 빽빽하게 끼어 앉아 있다. 모두 시끌벅적하게 웃고 떠든다. 공통적으로 뭔가 은밀한 농담을 주고받는 분위기다. 끊임없이 윙크를 하고 쿡쿡 찌르고 캐벗을 향해 의미심장한 고갯짓을 하고 있다. 캐벗은 계속 마신 술 때문에 극도로 유쾌하고 흥분된 상태다. 작은 위스키 통이 있는 뒷문 근처에 서서 모든 남자들에게 술을 대접하고 있다. 무대 전면의 왼쪽 구석에는 어깨에 숄을 두른 애비가 캐벗과 마찬가지로 주위의 시선을 받으며 흔들의자에 앉아 있다. 창백하고 야윈 모습으로 누군가를 기다리는 듯 열린 뒷문 쪽에 초조하게 시선을 고정시키고 있다.

악사가 오른쪽 구석 깊은 곳에 앉아 바이올린을 조율하고 있는데 길고 야윈 얼굴에 호리호리한 체격이다. 옅은 색 눈을 끊임없이 깜박거리며 탐욕스러운 악의를 품고 주변 사람들에게 음흉한 웃음을 날리고 있다.

애비 (갑자기 오른쪽에 있는 젊은 처녀를 돌아보며) 에벤은 어디 있죠?

젊은 처녀 (경멸의 눈빛으로) 몰라요, 캐벗 부인. 못 본 지 몇 년 됐어요. (의미심장하게) 당신이 온 뒤로는 집 안에서만 시간을 보내는 것 같던데요.

애비 (모호하게) 내가 그의 어머니 자리를 대신하고 있으니까요.

젊은 처녀 아……. 예, 나도 그렇게 들었어요. (옆에 있는 자신의 어머니에게 이 이야깃거리를 전하기 위해 몸을 돌린다. 애비는 자기 왼쪽에 있는 건장한 중년 남자를 돌아본다. 불그레한 얼굴과 튀어나온 눈은 그가 상당량의 술

을 마셨다는 것을 짐작하게 한다)

애비 에벤 못 봤나요?

남자 아니, 못 봤는데. (윙크하며 덧붙인다) 당신이 모르면 누가 알려나?

애비 그가 이 마을에서 춤을 제일 잘 추잖아요. 와서 춰야 하는데.

남자 (윙크하며) 의무를 다하느라 애라도 재우고 있나 보죠. 아들이죠?

애비 (멍하게 고개를 끄덕이며) 아……. 예, 2주 전에 태어났어요. 그림처럼 예뻐요.

남자 다 예쁘죠……. 엄마들 눈에는. (그러고는 팔꿈치로 슬쩍 찌르고 곁눈질을 하며 속삭이듯) 이봐요, 애비. 에벤한테 싫증 나면 날 기억해요! 잊으면 안 돼요! (무슨 말인지 이해하지 못하는 애비의 얼굴을 잠시 쳐다본 후 기분 나쁘다는 듯 투덜거린다) 뭐 — 그럼 술이나 한 잔 더 하러 갈까. (다른 쪽으로 가서 젖소에 대해 시끄럽게 언쟁하고 있는 캐벗과 합류한다. 함께 술을 마신다)

애비 (특별히 누구에게 호소하는 것도 아닌 막연한 말투로) 에벤은 뭘 하고 있는 거지? (그녀의 이 말은 킥킥대는 웃음소리와 함께 사람들의 입에서 입으로 반복되어 악사에게까지 전달된다. 악사는 눈을 깜빡거리며 애비를 주시한다)

악사 (목소리를 높이며) 에벤이 뭘 하고 있는지는 내가

말해 줄 수 있지! 저 아래 교회에 가서 감사의 기도를 올리고 있을걸. (모두 기다렸다는 듯이 킥킥거린다)

남자 뭐에 대한 감사? (또 킥킥대는 소리)

악사 왜냐하면 그에게 — (꽤 오랫동안 망설인다) 동생이 생겼으니까! (요란한 웃음소리. 모두 애비에게서 캐벗한테로 시선을 옮긴다. 애비는 멍하게 문 쪽을 응시한다. 캐벗은 악사가 하는 말을 못 들었지만 웃음소리에 짜증이 나서 앞으로 걸어 나와 주위를 노려본다. 순간 침묵이 흐른다)

캐벗 모두들 뭘 그렇게 재잘거리고 있는 거야? 염소 떼처럼……. 춤들은 왜 안 춰? 춤추고 먹고 마시고 흥겹게 놀자고 당신들을 불렀는데, 젖고 병든 암탉들처럼 꽥꽥대고만 있잖아! 다들 내 술을 실컷 마시고 음식도 돼지처럼 먹어 치우지 않았어? 그럼 날 위해 춤을 춰야지, 안 그래? 그래야 공평한 거 맞지? (불쾌하게 웅성대는 소리가 퍼지지만 모두들 캐벗이 너무 두려워 드러내 놓고 표현하지는 못한다)

악사 (음흉하게) 우린 에벤을 기다리고 있지요. (억누른 웃음소리)

캐벗 (사납게 우쭐대며) 에벤은 지옥에나 가라지! 그놈은 이제 끝났어! 나한테 새로 아들이 생겼거든! (술기운 때문에 갑자기 기분이 바뀐다) 그래도 당신들 중 누구도 그 녀석을 비웃으면 안 돼! 비록 좀 멍청하긴 해도 내 혈육이니까! 당신들보다는 나아! 일도 거의 나만큼 하지. 불쌍한 당신들은 상대도 안 돼!

악사 게다가 밤일도 엄청 잘하죠! (요란한 웃음소리)

캐벗 웃어라, 바보 같은 놈들! 악사, 자네가 맞는 말 했네. 나처럼 그 녀석도 밤낮으로 일할 수 있지. 필요하다면 말이야!

늙은 농부 (술통 뒤에서 술에 취해 비틀비틀하며 매우 단순하게) 아무도 당신을 이길 수는 없지. 일흔여섯에 아들을 본 이프리엄을! 정말 대단한 남자야! 난 겨우 예순여덟인데도 그게 안 되거든. (요란한 웃음소리. 캐벗도 합세한다)

캐벗 (그의 등을 치며) 미안하게 됐네. 자네처럼 젊은 사람이 그렇게 약골인 줄은 정말 몰랐어!

늙은 농부 나도 당신이 그렇게 셀 줄은 생각도 못 했지, 이프리엄. (또다시 웃음소리)

캐벗 (갑자기 단호하게) 내겐 엄청난 기운이 있지. 사람들은 잘 모르겠지만. (악사를 돌아보며) 깽깽이를 켜, 빌어먹을! 춤출 만한 걸 좀 켜보라고! 자네, 뭐야? 장식품이야? 지금 축하 잔치를 하는 거 아니야? 그러니까 팔꿈치에 기름칠이라도 하고 신나게 좀 켜봐!

악사 (늙은 농부가 내민 술잔을 받아 들고 쭉 들이켠다) 자, 시작합시다! (악사가 「호수의 여인」[7]을 연주하기 시작한다. 네 명의 청년과 네 명의 처녀가 두 줄로 서서 스퀘어 댄스[8]를 춘다. 악사가 소리를 질러 동작을 바꾸라는 지시를 한다. 그리고 자신의 말을 리듬에 맞추면서, 춤추는 사람들 개개인에 대해 익살스러운 언급을 이어 간다. 벽을 따라 앉은 사람들도 다 함께 발을 구르고 손뼉을 친다. 이 부분에서 캐벗이 유난히 적극적이다. 오직 애비만이 무관심한 채 마치 조용한 방에 혼자 있는 것처럼 문을 응시하고 있다)

악사 파트너를 오른쪽으로 돌려요! 잘했어, 짐! 그녀를 꽉 안아 줘! 그녀 엄마가 안 보고 있으니까! (웃음) 파트너 바꾸고! 딱 좋아! 그러지 마, 에시. 지금은 레브가 앞에 있잖아. 아가씨 얼굴이 빨개지네! 자, 인생은 짧고 사랑도 짧다고! 누가 그러더군. (웃음)

캐벗 (흥분해서 발을 구르며) 잘한다, 청년들! 잘한다, 아가씨들!

악사 (다른 사람들에게 윙크하며) 이프리엄, 당신은 일흔여섯치고 내가 본 중에 가장 기운찬 사람이오. 이제 시력만 좀 좋아진다면⋯⋯! (억누른 웃음소리. 캐벗에게 대꾸할 기회를 안 주고 악사가 소리친다) 행진! 세라는 통로를 걸어 내려오는 신부 같네! 자, 생명이 있는 한 희망도 있다더군! 파트너를 왼쪽으로 돌리고! 우

---

7 The Lady of the Lake. 영국의 시인 겸 소설가 W. 스콧의 서사시에 곡을 붙인 음악.

8 *square dance*. 미국의 대표적인 포크 댄스. 여덟 사람이 두 사람씩 짝을 지어 마주 서서 사각을 이루면서 춘다.

와, 자니 쿡 점프하는 것 좀 보소! 이 사람들, 저러다 내일 옥수수 밭 갈 힘이나 남아 있겠나! (웃음)

캐벗 잘한다, 잘해! (그러다가 갑자기 더 이상 못 참겠다는 듯 춤추는 사람들 한가운데로 뛰어든다. 거칠게 팔을 휘두르며 사람들을 흩어 놓는다) 다들 굼뜨기는! 길을 비켜! 내게 공간을 내달라고! 내가 춤이 뭔지 보여 주지! 자네들은 모두 매가리가 없어! (사람들을 거칠게 밀쳐 낸다. 그들은 벽 쪽으로 몰려 서서 투덜거리며 원망스럽게 그를 쳐다본다)

악사 (조롱하듯) 잘해 봐요, 이프리엄! 힘내요! (「펑, 족제비가 간다」[9]를 연주하기 시작한다. 각 소절마다 템포를 점점 빨리하다가 마지막엔 최대한 빠른 속도로 미친 듯이 바이올린을 켠다)

캐벗 (춤을 춘다. 매우 정력적으로 잘 춘다. 그러다가 즉흥 춤을 추기 시작한다. 믿을 수 없을 정도로 기괴하게 뛰며 돈다. 펄쩍 뛰며 발꿈치끼리 부딪기도 하고 인디언의 전쟁 춤을 추듯 몸을 구부려 원형으로 돌기도 한다. 그러다가 갑자기 몸을 꼿꼿이 펴고 두 다리로 최대한 높이 허공에 발길질을 한다. 마치 줄 위의 원숭이 같다. 기괴한 춤을 추는 내내 그는 소리를 지르고 우스꽝스러운 농담을 곁들인다) 홉! 이게 바로 춤이야! 홉! 봐, 난 분명 일흔여섯

---

9 Pop! Goes the Weasel. 18세기 중반부터 널리 알려진, 영어로 된 전래 동요.

이야! 아직도 강철처럼 단단하지! 항상 그랬던 것처럼 젊은 놈들도 내 상대가 안돼! 날 보라고! 내 1백 살 생일 파티 때도 춤추러 오라고 초대하지. 그때까지 다들 살아 있으려나 몰라. 자네들 세대는 너무 약골이거든. 심장도 빨갛지 않고 핑크 빛이잖아! 혈관 속에 진흙이랑 물만 가득 찼어! 이 지역에서 유일하게 나만 사람이야! 우후! 자, 봐! 난 인디언이야! 네놈들이 태어나기도 전에 난 서부에서 인디언을 죽이고…… 또…… 그들의 머리 가죽을 벗겼어! 내 등판에는 화살 맞은 자국까지 있지. 보여 줄 수도 있어. 인디언 무리가 모두 날 뒤쫓아 왔거든. 등에 화살이 꽂힌 채 난 그놈들보다 빨리 달렸어. 그리고 복수를 했지. 열 배로 갚아 주자는 게 내 신조야! 우후! 날 봐! 이 방의 천장까지도 발로 찰 수 있어! 우후!

악사 (지쳐서 연주를 멈추고) 아이고, 이제 더는 못 하겠네. 노인네가 기운이 어찌나 좋은지.

캐벗 (기분이 좋아져서) 또 내가 이겼지? 어쨌든 자네 연주도 좋았어. 한잔하게. (자신과 악사를 위해 위스키를 따른다. 다른 사람들은 차갑고 적대적인 눈빛으로 조용히 캐벗을 지켜본다. 쥐 죽은 듯한 고요. 악사는 휴식을 취한다. 캐벗은 술통에 기대 숨을 헐떡이며 어리둥절한 얼굴로 주위를 노려본다. 2층 방, 에벤이 일어나 뒷문을 향해 발끝으로 걸어간다. 잠시 후 그는 옆방에 나타난다.

(더 커지는 웃음소리)

여자 (큰 소리로) 이 집안에 무슨 일이 있었는지는 얼굴에 코가 달린 것만큼이나 빤한 거지! (그때 애비는 2층 문가에 나타나 놀라움과 애정 어린 눈길로 에벤을 바라보며 서 있다. 에벤은 그녀를 보지 못한다)

남자 쉿! 그 노인네가 문밖에서 듣고 있을지도 몰라. 그러고도 남을 위인이거든. (그들의 목소리가 집약된 속삭임으로 작아지고 얼굴들은 모두 이 화제에 집중된다. 낙엽들이 바람에 날리는 듯한 소리가 방으로부터 퍼져 나간다. 캐벗은 현관에서 나와 대문에 몸을 기대고 서서 눈을 깜박이며 하늘을 쳐다본다. 애비는 조용히 방을 가로지른다. 에벤은 그녀가 가까이 다가올 때까지 알아채지 못한다)

에벤 (놀라며) 애비!

애비 쉿! (두 팔로 그를 끌어안는다. 둘이 키스한다. 그런 다음 함께 요람 쪽으로 몸을 굽힌다) 예쁘지 않아? 당신을 꼭 빼닮았어!

에벤 (기뻐하며) 그래? 난 잘 모르겠는데.

애비 똑같다니까!

에벤 (찡그리며) 이런 거 난 마음에 안 들어. 내 것을 아버지의 것이라고 말하는 건 싫다고. 평생 그렇게 살아왔단 말이야. 참는 데도 한도가 있는데 —

애비 (에벤의 입술에 손가락을 대며) 우린 최선을 다하고 있잖아. 기다려야 해. 뭔가 방법이 생기겠지. (그를 포옹하며) 난 내려가 봐야 해.

에벤 난 나갈 거야. 저 깽깽이 소리랑 웃음소리를 견딜 수가 없어.

애비 우울해하지 마. 사랑해 에벤, 키스해 줘. (그가 그녀에게 키스한다. 둘은 서로 껴안은 채 있다)

캐벗 (대문에서 마음이 혼란한 상태로) 저 음악도 그놈의 것을 쫓아 버리질 못하는구먼……. 그것, 그것이 느릅나무에서 뚝뚝 떨어져 지붕 위로 올라가 굴뚝을 타고 몰래 내려와서는 집 구석구석을 들쑤시고 다니는 게 느껴져! 이 집에는 평화가 없어. 식구들이랑 사는 게 편치가 않아. 항상 뭔가가 같이 사는 것 같단 말이야. (깊은 한숨을 쉬며) 외양간에나 가서 잠시 쉬어야겠군. (지친 모습으로 외양간을 향해 간다)

악사 (악기를 조율하면서) 늙은 스컹크가 농락당하는 걸 축하해 주자고요! 늙은이도 갔으니 이제 신나게 놀아봅시다! (「밀짚모자를 쓴 칠면조」[10]를 연주하기 시작한다. 이제 진짜 흥겨운 분위기가 난다. 젊은이들이 춤을 추기 위해 일어난다)

---

10 Turkey in the Straw. 미국의 유명한 민요.

제2장

30분 후 외부. 에벤이 하늘을 올려다보며 대문 옆에 서 있다. 말 못 할 고통으로 인해 당황한 표정이 얼굴에 역력하다. 캐벗이 나타난다. 외양간에서 돌아오는데 땅을 내려다보며 힘없이 걷고 있다. 하지만 에벤을 보자 즉각 분위기가 완전히 달라진다. 흥분한 그의 입술에 승리에 찬 잔인한 미소가 떠오른다. 그는 성큼성큼 걸어가서 에벤의 등을 철썩 때린다. 안에서는 호소하는 듯한 바이올린의 선율과, 발 구르는 소리, 웃음소리가 들려온다.

캐벗 여기 있었구나!

에벤 (깜짝 놀라며 잠시 증오에 차서 그를 바라본다. 그러고는 멍하게) 아…… 예.

캐벗 (조롱하듯 그를 훑어보며) 왜 춤추러 안 들어가냐? 다들 널 찾던데.

에벤 찾게 놔둬요!

캐벗 예쁜 처녀들이 한가득 모였던데.

에벤 다 필요 없어요!

캐벗 너도 걔들 중에 하나 골라서 얼른 장가가야지.

에벤 난 아무하고도 결혼 안 해요.

캐벗 결혼을 해야 농장에서 네 몫을 챙길 수 있어.

에벤 (비웃으며) 아버지가 했던 방식을 말하는 거예요? 난 그런 인간이 아닙니다.

캐벗 (가책을 느끼며) 거짓말하지 마! 내 농장을 빼앗아 가려고 한 건 네 어미의 가족들이었어!

에벤 다른 사람들은 그렇게 얘기 안 해요! (잠시 후 도전적으로) 어쨌든, 내게도 농장이 있어요!

캐벗 (비웃듯이) 어디에?

에벤 (땅바닥에 발을 구르며) 여기!

캐벗 (고개를 뒤로 젖히고 야비하게 웃는다) 허…… 허! 네 거? 네 거라고? 그래, 그거 잘됐구나!

에벤 (자제하며 완강하게) 두고 보면 알겠죠!

캐벗 (에벤의 속셈을 알아내려 애쓰며 의심스러운 눈빛으로 그를 쳐다본다. 사이. 곧 경멸과 자신감에 차서) 아, 그래, 두고 보마. 너도 두고 봐라. 눈이 먼 건 바로 너야. 땅속 두더지처럼 눈이 멀었지. (에벤이 갑자기 웃는다. 짧게 〈하〉 하고 냉소적으로 짖듯이 내뱉는다. 사이. 캐벗은 다시 의심이 드는지 그를 응시한다) 뭐가 우습다는 거야? (에벤이 대답 없이 외면한다. 캐벗은 화가 치민

다) 맙소사, 넌 등신 머저리야! 네놈 머리통엔 헛소리만 가득 찼어. 빈 술통처럼 시끄럽지! (에벤은 듣지 않고 있다. 캐벗의 분노가 치밀어 오른다) 네 농장이라고? 맙소사! 네놈이 진짜 머저리가 아니라면 이 농장에 있는 막대기 하나, 돌멩이 하나도 가질 수 없다는 걸 알 거야. 특히 아기가 태어난 지금은 어림없지. 이 농장은 그 애 거야. 내 말은, 내가 죽은 후엔 그 애 것이 될 거란 얘기야. 하지만 네놈을 골탕 먹이기 위해서라도 난 1백 살까지 살 거야. 그럼 그땐 그 녀석도 자라서 거의 네놈 나이만큼 되겠지! (에벤은 다시 〈하〉 하고 냉소적으로 웃는다. 이것이 캐벗의 화를 돋운다) 하? 네놈 생각에는 어떻게든 방법이 있을 것 같지, 응? 그런데 말이다, 이 농장은 애비 것이기도 하거든. 넌 절대 그녀를 속여 먹을 수 없을걸. 애비가 네놈의 수작을 다 꿰고 있다고. 넌 그녀의 적수가 못 돼. 애비도 이 농장을 갖고 싶은데 네놈이 걸리나 보더군. 자기를 네놈의 편으로 만들려고 몰래 수작을 걸어 왔다고 그녀가 나한테 다 말해 줬어. 넌……. 네놈은 미친 바보야! (위협하듯 주먹 쥔 손을 치켜든다)

에벤 (분노로 숨이 막혀서 캐벗에게 대든다) 이 늙은 스컹크 같으니! 거짓말하지 마! 애비는 절대 그런 말 한 적 없어!

캐벗 (에벤이 흔들리는 걸 보고는 갑자기 승리감에 차서)

그랬어. 그래서 내가 말했지. 네놈의 머리통을 느릅나무 꼭대기로 날려 버리겠다고. 그러니까 애비가 말리더군. 손해나는 짓이라고. 네놈이 없으면 내 일을 누가 거들어 주겠느냐면서. 그러고 나서 우리가 아들을 새로 하나 낳아야 한다고 했어. 우린 할 수 있다면서. 난 우리가 아들만 가질 수 있다면 그녀가 원하는 건 뭐든 다 해주겠다고 했지. 애비가 말하길, 널 잘라 내야 내가 죽은 뒤에 이 농장이 자기 것이 된다는 거야! (몹시 만족스러워하며) 그리고 자, 이젠 어떻게 됐지? 이렇게 농장은 애비의 것이 되는 거야! 네 거라고는 길바닥의 먼지뿐이지! 하! 자, 이제 웃을 사람이 누구지?

에벤 (슬픔과 분노에 차서 굳은 모습으로 듣고 있다가 갑자기 비탄에 잠겨 거칠게 웃는다) 하하하! 그래, 그게 그녀의 비열한 게임이었군. 처음부터 내가 의심했던 대로…… 모든 걸 집어삼키려는 거였어, 나까지도! (미친 듯이) 죽여 버릴 거야! (현관으로 달려간다. 하지만 캐벗이 더 빠르게 가로막는다)

캐벗 안 돼, 그러지 마!

에벤 비켜요! (캐벗을 옆으로 밀치려고 한다. 그들은 서로를 움켜잡는데, 곧 살벌한 싸움이 된다. 노인의 필사적인 힘을 에벤은 당해 내지 못한다. 캐벗이 한 손으로 에벤의 목을 잡고 돌벽에 그를 짓누른다. 그 순간 애비가 현관으로 나온다. 숨 가쁜 비명을 지르며 그들에게 달려간다)

애비   에벤! 이프리엄! (에벤의 목을 누른 손을 잡아당긴다) 가요, 이프리엄! 그러다 목 졸라 죽이겠어요!

캐벗   (손을 떼고 옆길에 있는 풀밭으로 에벤을 집어 던진다. 에벤은 헐떡거리며 숨 막혀 한다. 애비는 울면서 에벤의 곁에 무릎을 꿇고 그의 머리를 무릎에 올려놓으려고 하지만 그가 밀쳐 낸다. 캐벗은 격한 승리감에 도취된 채 서서 내려다보고 있다) 괴로워할 거 없어, 애비. 죽일 작정은 아니었으니까. 저런 놈은 죽일 가치도 없지! (점점 더 승리감에 도취되어) 일흔여섯 살한테 서른도 안 된 놈이……. 아비를 우습게 알면 어떻게 되는지 봤지? 어림도 없어. 난 그렇게 만만한 사람이 아니야! 2층에 있는 그 녀석도 나처럼 키울 거야! (그들을 남겨 두고 돌아선다) 난 들어가서 춤이나 춰야겠군! 노래도 하고 축하해야지! (현관으로 걸어가다가 활짝 웃으며 돌아선다) 그놈한테 기운이 남아 있을 거라고는 생각하지 않지만, 혹시 귀찮게 하면 그냥 소리만 질러. 내가 달려 나와서 무릎에 올려놓고 매질을 해줄 테니까! 하하하! (웃으며 집 안으로 들어간다. 잠시 후, 〈홉!〉 하고 크게 외치는 소리가 들린다)

애비   (상냥하게) 에벤, 다치지 않았어? (그에게 키스하려고 하지만 에벤은 거칠게 그녀를 밀어내고는 일어나 앉으려고 애쓴다)

에벤   (헐떡이며) 지옥에나 가버려!

애비 (자신의 귀를 의심하며) 나야, 에벤. 애비라고. 날 모르겠어?

에벤 (증오에 차 노려보며) 알지. 이제 당신을 아주 잘 알지. (갑자기 무너지면서 약하게 흐느낀다)

애비 (두려워하며) 에벤, 무슨 일이야? 왜 증오하는 듯한 눈빛으로 날 쳐다보는 거야?

에벤 (흐느끼고 헐떡이며 난폭하게) 당신을 증오해! 넌 창녀야……. 아주 교활한 창녀!

애비 (공포에 질려 뒷걸음질 치며) 에벤! 당신, 지금 무슨 말을 하고 있는지 모르나 봐!

에벤 (비틀거리며 일어나 그녀에게 다가가며 비난하듯) 넌 역겨운 거짓말 덩어리일 뿐이야. 처음 그 일이 있고부터 밤낮으로 당신이 내게 한 모든 말들은 다 거짓이었어. 날 사랑한다고 끊임없이 말해 놓고 —

애비 (미친 듯이) 정말 사랑해! (그의 손을 잡지만 에벤은 뿌리친다)

에벤 (신경 쓰지 않고) 날 바보로 만들었어……. 못나고 지독한 바보로……. 의도적으로 말이야! 당신은 여태껏 비열하고 은밀한 게임을 해온 것뿐이야. 날 끌어들여 당신이랑 자게 해서 아들을 만들고, 노인네가 그 애를 자기의 아들로 여기도록 했지. 노인네한테 아들만 낳아 주면 이 농장을 주겠다는 약속을 받아 내고 난 흙이나 먹게 만들 속셈이었잖아! (괴로워서 어쩔 줄 모르는 눈빛으로 그녀를 응시한다) 당신 속에는 악마가 살고 있어! 인간이라면 절대 그렇게는 못 하지!

애비 (넋이 나간 듯 멍하게) 그 사람이 당신한테 그렇게 말했어……?

에벤 사실이잖아? 거짓말해 봐야 좋을 게 없어.

애비 (호소하듯) 에벤, 들어 봐……. 들어야 해. 그건 오래전 일이야. 우리 사이에 아무 일도 없었을 때의……. 당신이 나를 모욕하고 미니를 만나러 갔을 때의 일이라고. 그때 난 당신을 사랑하고 있었거든. 당신한테 복수하려고 그이한테 그렇게 말한 거야!

에벤 (상관하지 않는다. 고통에 시달려 격정적으로) 차라리 당신이 죽었으면 좋겠어! 이런 일이 있기 전에 나도 당신이랑 같이 죽었더라면 좋았을걸! (분노하며) 하지만 나도 복수할 거야! 날 도와 달라고 어머니에게 기도할 거야……. 당신과 아버지한테 저주를 내려 달라고!

애비 (띄엄띄엄) 에벤, 그러면 안 돼! 안 된다고! (에벤 앞에 몸을 던져 무릎을 꿇고 흐느끼면서) 당신한테 해를 끼치려고 그런 게 아니야! 용서해 줘, 응?

에벤 (그녀의 말이 들리지 않는 듯 격렬하게) 난 그 늙은 스컹크한테 복수할 거야, 당신한테도! 그가 그렇게 자랑스러워하는 아들에 대한 진실을 말해 주겠어! 그리고 당신을 여기 남겨 둬서 늙은이와 함께 서로를 망가뜨리도록 만들 거야. 밤마다 어머니도 무덤에서 나오시게 해야지. 그리고 난 시미언 형과 피터 형이 있는 캘리포니아의 금광으로 가겠어!

애비 (공포에 질려서) 날 버릴 거라고? 그럴 수는 없어!

에벤 (격렬하게 단정적으로) 난 갈 거야, 정말로! 거기서 부자가 되어 돌아와 그가 훔쳐 간 농장을 되찾기 위해 싸울 거야. 그리고 당신들 둘 다 거리로 내쫓아 버리겠어. 구걸이나 하고 잠도 숲 속에서 자겠지. 당신 아들도 함께 나가 굶어 죽겠지! (마지막엔 발작하다시피 한다)

애비 (몸을 떨며) 그 애는 당신 아들이기도 해, 에벤.

에벤 (고통스러워하며) 그 애는 태어나지 않는 편이 좋을 뻔했어. 지금 당장 죽어 버렸으면 좋겠다고! 다시는 보고 싶지 않아! 그 애 때문이야……. 당신이 농장을 훔치려고 의도적으로 낳은 아이니까. 그 애 때문에 모든 것이 변했어!

애비 (부드럽게) 그 애가 태어나기 전에는 내가 당신을 사랑한다는 걸 믿었지?

에벤 그래, 멍청한 황소처럼!

애비 그럼 이젠 더 이상 믿지 않아?

에벤 거짓말쟁이가 도둑을 믿으라니! 하!

애비 (몸을 떤다. 그러고는 기가 죽어서) 그럼 전에는 날 정말로 사랑했던 거야?

에벤 (띄엄띄엄) 그래……. 하지만 당신은 날 속였잖아!

애비 그래서 이젠 날 사랑하지 않는 거고!

에벤 (난폭하게) 증오한다고, 진심으로!

애비 그럼 정말로 서부로 가는 거야? 그 애가 태어났기 때문에 날 떠나겠다고?

에벤 아침에 떠날 거야……. 안 그러면 하느님이 날 지옥에다 처박으실지도 몰라!

애비 (잠시 후, 무서울 정도로 냉정을 유지하며 천천히) 만일 아기가 태어난 것 때문에 나한테 이러는 거라면……. 그게 당신의 사랑을 죽이고…… 당신을 떠나가게 한다면……. 내 유일한 기쁨인 당신을……. 처음으로 느낀 유일한 기쁨이고…… 내게 마치 천국 같았던…… 천국보다 더 아름다운 당신을 잃는다면……. 그렇다면 나도 그 앨 미워할 거야. 아무리 내가 그 애 엄마라 해도!

에벤 (모질게) 거짓말 마! 그 애를 사랑하잖아! 당신을 위해 농장을 빼앗아 줄 아이니까! (띄엄띄엄) 하지만 중요한 건 농장이 아니야……. 더 이상은 아니야. 문제는 당신이 날 속인 거야. 날 사랑한다고 말해서 내가 당신을 사랑하게 만들었어. 단지 농장을 빼앗기 위한 아이가 필요해서!

애비 (괴로워하며) 그 애는 농장을 빼앗지 못할 거야. 그 전에 내가 죽일 거니까! 당신을 사랑해! 내가 증명해 보일게……!

에벤 (가혹하게) 더 이상 거짓말은 소용없어. 당신 말은 안 들을 테니까! (외면한다) 다시는 만날 일 없을 거야. 잘 있어!

애비 (고통으로 창백해져서) 키스조차 안 해주는 거야? 우리가 그렇게 사랑했는데……. 단 한 번도 안 돼?

에벤 (단호한 목소리로) 다시는 당신과 키스하고 싶지 않아! 당신을 봤던 것조차 잊고 싶어!

애비 에벤! 그러면 안 돼. 잠깐만 기다려 줘. 당신한테 하고 싶은 말이 있어.

에벤 난 들어가서 취하도록 마실 거야. 춤도 춰야지.

애비 (그의 팔에 매달리며 진지하고 열렬하게) 만약 우리 사이에 그 애가 없었던 것처럼 만들 수 있다면……. 만약 내가 당신에게서 농장을 빼앗기 위해 계략을 꾸민 게 아니라는 걸 증명한다면……. 그래서 모든 게 예전과 똑같아진다면……. 똑같이 서로 사랑하고, 키스하고, 그 애가 태어나기 전에 우리가 행복했던 것처럼 행복해진다면……. 내가 그렇게 할 수 있다면 당신은 날 다시 사랑해 줄 거지? 그렇지? 다시 내게 키스해 줄 거지? 결코 날 떠나지 않을 거지? 응?

애벤 (마음이 움직인다) 그래, 안 떠날 거야. (그러고는 자기 팔에서 그녀의 손을 떨쳐 내며 쓰디쓴 미소를 짓는다) 하지만 당신은 하느님이 아니잖아?

애비 (의기양양하게) 당신이 약속한 거 잊으면 안 돼!

(묘한 격렬함으로) 하느님이 하신 것 중 한 가지는 되돌려 놓을 수 있을 거야!

에벤 (유심히 그녀를 보면서) 당신, 점점 미쳐 가고 있군. (문 쪽으로 간다) 난 춤이나 출 거야.

애비 (그의 뒤에 대고 격렬하게 소리친다) 당신한테 증명해 보일게! 내가 당신을 사랑한다는 걸 증명할게……. (에벤은 그녀의 말을 못 들은 것처럼 문 안으로 들어간다. 애비는 제자리에 그대로 선 채 그가 들어간 쪽을 바라보고 있다. 그러고는 절망적으로 하던 말을 마친다) 이 세상 그 무엇보다도 사랑한다는 걸!

제3장

 아침, 동트기 직전. 부엌과 캐벗의 침실이 보인다. 부엌 식탁에는 수지 양초가 켜져 있고 그 옆에서 에벤이 두 손에 턱을 괴고 앉아 있는데, 핼쑥한 그의 얼굴은 멍하니 무표정이다. 그 옆 바닥에는 여행 가방이 놓여 있다. 침실에는 자그마한 고래기름 램프가 희미하게 켜져 있고 캐벗이 잠들어 있다. 애비는 요람 위로 몸을 구부린 채 귀를 기울이고 있다. 그녀의 얼굴은 공포로 가득 차 있지만 필사적인 승리감도 깃들어 있다. 갑자기 그녀는 무너지며 흐느낀다. 몸을 던져 요람 옆에 무릎을 꿇으려는 듯 보인다. 그러나 노인이 편치 않은지 몸을 뒤척이고 잠결에 신음 소리를 내자 그녀는 자신을 억제한다. 그러고는 겁먹은 몸짓으로 움츠리며 요람에서 물러나 뒷문 쪽으로 뒷걸음질 쳐서 방을 나간다. 잠시 후 그녀는 부엌에 들어와 에벤에게 달려간다. 두 팔로 그의 목을 끌어안고 격렬하게 키스한다. 에벤은 딱딱하게 굳은 채 무심하고 차가운 태도로 계속 앞만 바라본다.

애비 (발작적으로) 해치웠어, 에벤! 내가 할 거라고 그랬잖아! 내가 당신을 이 세상 어떤 것보다 사랑한다는 걸 증명했어. 이제 당신은 더 이상 날 의심하지 못할 거야!

에벤 (둔하게) 당신이 무슨 일을 했건, 이제는 다 소용없어.

애비 (격렬하게) 그런 말 하지 마! 내게 키스해 줘, 에벤. 해줄 거지? 내가 그 일을 해냈으니까 키스해 줘야 돼! 날 사랑한다는 당신의 말을 듣고 싶어!

에벤 (감정 없이 그녀에게 키스한다. 그러고는 둔하게) 작별 키스야. 난 곧 떠날 거니까.

애비 안 돼! 안 돼! 가면 안 돼……. 지금은 안 된다고!

에벤 (자신의 생각을 계속 이야기한다) 곰곰이 생각해 봤는데…… 아버지한테는 아무 말도 안 하기로 했어. 당신에 대한 복수는 어머니한테 맡길 거야. 아버지한테 말하면 스컹크 같은 영감탱이, 그 더러운 성격에 어린 애한테 무슨 짓을 할지 모르니까. (자신도 모르게 목소리에 애정이 묻어 난다) 그리고 난 아이한테 나쁜 일이 생기는 걸 원치 않아. 당신 잘못 때문에 애를 비난할 순 없어. (묘하고도 확실한 자신감을 가지고 덧붙인다) 그리고 그 애는 날 닮았어! 확실히 내 자식이야! 언젠가 내가 돌아오면 —

애비 (자신의 생각에 빠져 그의 말이 들리지 않는다. 호소하듯) 이제 당신이 떠날 이유는 없어. 말도 안 되는 일이야. 모두 예전과 똑같아졌다고. 이제 우리 사이에 문제될 건 없어. 내가 그 일을 해치운 뒤니까!

에벤 (그녀의 목소리에서 뭔가를 깨닫고는 약간 놀라서 그녀를 응시한다) 당신, 미친 것 같아, 애비. 무슨 일을 저지른 거야?

애비 내가……. 내가 그를 죽였어, 에벤.

에벤 (놀라서) 그를 죽였다고?

애비 (멍하게) 그래.

에벤 (놀라움에서 깨어나 잔인하게) 그래, 죽어도 싸지! 그렇지만 뭔가 조치를 취해야 해. 술에 취해 자살한 것처럼 꾸며 놓아야지. 그가 얼마나 취했었는지 사람들이 다 아니까 우린 증명할 수 있어.

애비 (거칠게) 아니, 아니야! 그가 아니야! (미친 듯이 웃는다) 내가 그랬어야 했던 거야? 대신 그를 죽였어야 했구나! 왜 내게 말해 주지 않았어?

에벤 (섬뜩해져서) 〈대신〉이라니? 무슨 뜻이야?

애비 그가 아니라고.

에벤 (얼굴이 점점 하얗게 질린다) 아니라면 — 설마 아기는 아니겠지!

애비 (멍하게) 맞아!

에벤 (얻어맞은 것처럼 무너지며 무릎을 꿇는다. 공포로 목소리가 떨린다) 오, 맙소사! 하느님 맙소사! 어머니,

당신은 어디 계셨어요? 왜 말리지 않으셨어요?

애비 (순진하게) 우리가 처음 사랑을 나눴던 그날 밤에 무덤으로 돌아가셨잖아. 기억 안 나? 그 이후로는 그분이 느껴지지 않았어. (사이. 에벤은 두 손에 얼굴을 묻고 학질에 걸린 것처럼 온몸을 떤다. 그녀는 멍하게 계속 말을 이어 간다) 베개로 그 애의 얼굴을 덮었어. 그랬더니 저절로 죽더군. 숨이 멈췄지. (작은 소리로 흐느끼기 시작한다)

에벤 (분노와 슬픔이 섞이기 시작한다) 날 닮았었는데. 내 아들이란 말이야, 빌어먹을!

애비 (천천히 띄엄띄엄) 나도 그러고 싶진 않았어. 그런 짓을 한 나 자신이 미웠어. 그 애를 사랑했어. 그 앤 너무 예쁘고 당신을 꼭 닮았었거든. 하지만 난 당신을 더 사랑해. 그런데도 당신은 내가 당신을 다시는 볼 수 없는 곳으로 가려고 했잖아. 키스도 할 수 없고 느낄 수도 없다는 사실이 자꾸만 날 압박했어. 그리고 당신이 아기 때문에 날 미워한다고…… 그 애가 밉고 죽었으면 좋겠다고 그랬잖아. 그 애가 생기지 않았다면 우리 사이가 예전과 같았을 거라고 했지.

에벤 (더 이상 참을 수 없어 격분한 채 벌떡 일어난다. 떨리는 손가락을 그녀의 목을 향해 위협하듯 뻗으면서) 거짓말! 난 그런 말 한 적 없어. 당신이 그리리라고는 꿈에도 생각 못 했어. 그 애 손가락 하나라도 다치게 하느니 차라니 내 목을 잘랐을 거야!

애비 (무릎으로 주저앉으며 애처롭게) 에벤, 증오에 가득 찬 그런 눈으로 날 보지 마……. 당신을 위해, 우리를 위해 한 일인데……. 우린 다시 행복해질 수도 있는데 —

에벤 (격노해서) 닥쳐! 안 그러면 죽여 버릴 거야! 이제야 당신의 계략을 알겠군. 뻔한 수법이지. 당신이 저지른 살인을 나한테 뒤집어씌우려는 거잖아!

애비 (두 손으로 귀를 막고 신음하며) 그만해, 에벤! 그만하라고! (그의 다리를 부여잡는다)

에벤 (갑작스럽게 공포를 느끼며 그녀에게서 물러난다) 건드리지 마! 독한 인간! 어떻게 그렇게 불쌍하고 어린 아기를 죽일 수가 있어? 지옥에다 영혼을 팔아먹은 게 틀림없어! (갑자기 분노하며) 하! 당신이 왜 그랬는지 알겠군! 지금 말한 그 이유는 다 거짓말이야. 결국 내게 남은 모든 걸 다 빼앗아 가려는 게 당신 본심이었어. 내 분신인, 아니, 내 모든 것인 그 애를……. 그 애가 날 닮은 걸 보고, 그 애가 내 거라는 걸 알고서 당신은 참을 수 없었던 거야. 난 당신을 잘 알아! 그 애가 내 자식이라 죽인 거야! (이 모든 것이 그를 미칠 지경으로 만든다. 그는 여자를 지나쳐 문으로 달려간다. 그러다가 돌아서서 그녀를 향해 두 주먹을 흔들며 난폭하게) 하지만 이번엔 내가 복수해 주지! 난 보안관한테 갈 거야! 모든 걸 다 말해 버리겠어! 그런 다음 〈캘리포니아로 떠난다〉 하고 노래 불러야지. 그리고 가버리는 거야. 황금…… 골든 게이트…… 황금빛 태양…… 황금의 벌판이 있는 서부로! (마지막에 이르러서는 반쯤은 외치듯 반쯤은 흥얼대듯, 말도 앞뒤가 안 맞는다. 그러다가 갑자기 의욕적으로 내뱉는다) 보안관한테 가서 당신을 잡아가라고 할 거야. 끌려가 감옥에 갇혔으면 좋겠어! 당신 얼굴 보는 거, 견딜 수가 없어. 당신은 살인자에 도둑인 것도 모자라 여전히 날 유혹하려고 하잖아! 보안관한테 넘겨 버릴 거야! (돌아서 뛰어 나간다. 집 모퉁이를 돌아 숨을 헐떡이고 흐느끼며 길 아래로 전속력으로 달려간다)

애비 (힘겹게 일어나 그의 뒤에 대고 소리치며 문으로 달려간다) 사랑해, 에벤! 사랑해! (힘없이 문에서 멈춘다. 쓰러질 듯 비틀거린다) 난 당신이 무슨 일을 해도 상관없어……. 당신이 날 다시 사랑해 주기만 한다면……. (기절해서 힘없이 바닥에 쓰러진다)

제4장

약 1시간 후. 제3장에서와 같이 부엌과 캐벗의 침실이 보인다. 동튼 후. 해가 떠서 하늘이 빛나고 있다. 애비가 부엌 식탁에 앉아 있다. 몸은 무기력하고 지쳐 있다. 머리를 두 팔에 묻고 있어 얼굴이 가려져 있다. 2층에서는 캐벗이 여전히 자고 있다가 화들짝 깬다. 그는 창밖을 보고 놀라움과 짜증으로 콧소리를 낸다. 이불을 걷어 젖히고 서둘러 옷을 끌어당겨 입는다. 뒤를 보지 않은 채 애비가 옆에 있는 줄 알고 얘기하기 시작한다.

캐벗 이런 세상에 빌어먹을, 애비! 이렇게 늦게 일어나긴 50년 만에 처음이네! 해가 완전히 중천에 떴군. 춤추고 술을 먹어서 그런 걸 거야. 나도 늙나 봐. 에벤이라도 일하러 갔기를 바라야지. 날 깨우기가 힘들었나 봐, 애비. (뒤돌아 아무도 없는 걸 보고 놀라서) 아니, 어디 갔지? 식사를 준비하나 보군. (발끝으로 걸어 요람으로 가서는 내려다본다. 자랑스럽게) 잘 잤니, 아들? 그림처럼 예쁘네! 잘도 자는구나. 다른 아기들처럼 밤새 보채지도 않고. (조용히 뒷문으로 나간다. 몇 분 후 부엌으로 들어가 애비를 본다. 만족스럽게) 당신 여기 있었구먼. 요리하고 있었어?

애비 (움직이지 않고) 아뇨.

캐벗 (그녀에게 다가가서 걱정하듯이) 어디 아파?

애비 아뇨.

캐벗 (그녀의 어깨를 두드린다. 애비는 몸서리친다) 당신, 좀 누워 있는 게 낫겠어. (반쯤 농담하듯) 당신 아들이 곧 당신을 필요로 할 거야. 실컷 자고 나면 배가 고파서 깰 테니까.

애비 (몸서리친다. 그러고는 죽어 가는 목소리로) 그 앤 결코 깨어나지 않을 거예요.

캐벗 (농담하듯) 오늘 아침엔 고 녀석이 나를 닮았나 봐. 나도 그렇게 늦잠을 잔 적이 —

애비 그 애는 죽었어요.

캐벗 (그녀를 응시한다. 어리둥절해서) 뭐 —

애비 내가 죽였어요.

캐벗 (깜짝 놀라 그녀에게서 물러서며) 당신 취한 거야? 아니면 미친 거야? 아니면 —

애비 (갑자기 고개를 들고 그를 돌아본다. 거칠게) 내가 그 앨 죽였다잖아요! 내가 그 애 숨을 끊었어요. 내 말을 못 믿겠으면 올라가서 확인해 봐요! (캐벗은 잠시 그녀를 응시한 다음 뒷문으로 달려 나간다. 계단을 올라가는 소리가 쿵쿵 들린 후, 침실로 뛰어 들어와 요람으로 가는 캐벗의 모습이 나타난다. 애비는 기운을 잃고 주저앉아 아까의 자세로 되돌아간다. 캐벗이 요람 속의 아기에게 손을 대본다. 그의 얼굴에 두려움과 공포의 표정이 나타난다)

캐벗 (물러나 부들부들 떨며) 오, 하느님 맙소사! 세상에! (비틀거리며 문으로 나간다. 잠시 후 부엌으로 돌아와 애비에게 간다. 여전히 넋이 나간 표정이다. 쉰 목소리로) 왜 그런 짓을 했어? 왜? (대답이 없자 그녀의 어깨를 움켜쥐고 난폭하게 흔든다) 왜 그랬냐고 내가 지금 묻잖아! 말하는 게 좋을 거야, 안 그러면 ─

애비 (캐벗이 비틀거리며 뒷걸음질 칠 정도로 격렬하게 그를 밀친다. 그러고는 벌떡 일어난다. 거친 분노와 증오를 담아) 내 몸에 손도 대지 말아요! 무슨 권리로 당신이 그 애에 대해 묻는 거죠? 그 애는 당신 아들이 아니에요! 당신이 내게 그 애를 갖게 했다고 생각해요? 차라리 죽는 게 낫지! 난 당신 꼴도 보기 싫어요. 항상 그랬어요! 죽여야 했던 사람은 바로 당신이었는데……. 내게 그럴 만한 분별력만 있었어도……! 당신이 싫어요. 난 에벤을 사랑해요. 처음부터 그랬어요. 그리고 아기는 에벤의 아들, 나와 에벤의 아들이에요. 당신 아들이 아니라!

캐벗 (멍해져서 그녀를 바라보며 서 있다. 사이. 가까스로 할 말을 찾아내어 멍하게) 바로 그거였군……. 이미 태기가 있다고 나를 멀리하면서…… 당신이 거짓말하는 동안…… 미심쩍어하면서…… 내가 느꼈던 게……. (충격의 침묵 속으로 빠져든다. 그러다가 이상한 감정을 느끼며) 그 애는 확실히 죽었어. 심장을 만져 봤지. 불쌍한 것, 그 어린것이! (눈을 깜빡여 눈물 한 방울을 떨어뜨리고 소맷자락으로 콧등을 훔친다)

애비 (발작하듯) 그만해요! 그만해! (억제하지 못하고 흐느낀다)

캐벗 (모진 노력으로 그의 몸은 꼿꼿하게 굳고 얼굴은 돌로 만든 가면처럼 딱딱해진다. 이를 악물고 혼잣말로) 난 돌처럼…… 심판의 반석이 되어야 해! (사이. 자신을 완전히 제어한다. 거칠게) 만약 그 애가 에벤의 자식이라면 차라리 죽은 게 다행이야! 그리고 나도 계속 의심이 들긴 했어. 뭔가 이상한 걸 느꼈었지. 어딘지 모르게 집이 쓸쓸하고, 춥고, 나를 외양간으로…… 들판의 짐승들에게로 몰아내고 말이야……. 그래, 뭔가 수상했었지. 적어도…… 당신은 날 완전히 속이지 못했어. 나도 알 건 알 만큼 나이가 들었으니까. 가지에 매달려 익어 가는 몸이라고……. (자신의 이야기가 빗나가고 있다는 걸 깨닫고서 다시 마음을 다잡은 후 잔인하게 웃으며 애비를 바라본다) 그래서, 그 애 대신에 날 죽이고 싶었다고? 글쎄, 난 1백 살까지 살 거야! 당신이 교수형에 처해지는 꼴을 보기 위해서라도 말이야! 하느님과 법의 심판을 받게 해주겠어! 지금 보안관을 불러야겠군. (문 쪽으로 가려 한다)

애비 (둔하게) 그럴 필요 없어요. 에벤이 이미 데리러 갔으니까.

캐벗 (놀라서) 에벤이 보안관을 데리러 갔다고?

애비 그래요.

캐벗 당신을 신고하러?

애비 그래요.

캐벗 (애비의 말에 대해 생각해 본다. 사이. 곧 엄한 목소리로) 그래, 내 수고를 덜어 준 건 고맙군. 일이나 하러 가야지. (문으로 가다가 돌아선다. 이상한 감정에 사로잡힌 듯한 목소리로) 그 앤 내 아들이어야 했어, 애비. 당신은 날 사랑해야 했고. 난 사나이야. 만약 당신이 날 사랑했었다면 난 당신이 무슨 짓을 저질렀든 보안관한테 가지 않았을 거야. 그들이 날 산 채로 불태운다 해도!

애비 (변호하듯) 그를 그렇게 만든 건 당신이 모르는 일이 더 있기 때문이에요.

캐벗 (냉담하게) 당신을 위해서라도 그랬으면 좋겠군. (나간다. 대문 근처로 와서 하늘을 본다. 그를 억제해 주고 있던 무언가가 풀린다. 한순간 그는 늙고 지쳐 보인다. 그가 절망적으로 중얼거린다) 전능하신 하느님, 이렇게 외로운 건 처음이네요! (왼편에서 달려오는 발소리를 듣고 다시 정신을 차린다. 에벤이 뛰어 들어온다. 지쳐서 헐떡거리고, 사나운 눈초리가 미친 사람처럼 보인다. 비틀거리며 대문으로 들어온다. 캐벗이 그의 어깨를 움켜잡는다. 에벤은 말없이 그를 응시한다) 보안관한테 말했냐?

에벤 (바보처럼 고개를 끄덕이며) 네.

캐벗 (아들을 밀쳐 넘어뜨린다. 기를 죽이는 경멸의 웃음을 띠며) 잘했네! 제 어미랑 아주 똑같다니까! (거칠게 웃으며 외양간 쪽으로 간다. 에벤은 기어서 일어난다. 갑자기 캐벗이 돌아선다. 무섭게 위협하면서) 보안관이 저 여자를 데려갈 때 너도 이 농장에서 꺼져. 안 그러면, 내 장담하는데…… 보안관은 살인죄로 나를 잡아가기 위해 여기 다시 와야 할 거야! (성큼성큼 걸어 나간다. 에벤은 아버지 말을 듣고 있지 않는 듯하다. 문으로 뛰어가 부엌으로 들어간다. 애비가 고통과 기쁨이 뒤섞인 비명을 지르며 그를 올려다본다. 에벤이 비틀거리며 걸어가 몸을 던져 애비 옆에 무릎을 꿇는다. 간간이 흐느낀다)

에벤 날 용서해 줘.

애비 (기뻐하며) 에벤! (그에게 키스하고 그의 머리를 끌어당겨 가슴에 안는다)

에벤 사랑해! 용서해 줘!

애비 (황홀해하며) 그 말만으로 난 당신의 모든 죄를 용서할 수 있어! (그의 머리에 키스하고 소유하고자 하는 강렬한 열정으로 그의 머리를 꽉 끌어안는다)

에벤 (띄엄띄엄) 하지만 보안관한테 말했어. 당신을 잡으러 올 거야!

애비 이제 나에게 무슨 일이 생겨도 다 견딜 수 있어!

에벤 보안관을 깨워 이야기했어. 그는 옷을 갖춰 입을 때까지 기다리라고 하더군. 난 기다렸지. 당신 생각을 했어. 내가 당신을 얼마나 사랑했는지 생각했어. 뭔가가 가슴과 머리를 터뜨리려는 것처럼 날 아프게 하더군. 난 울었지. 그러다가 문득 내가 아직도 당신을 사랑하고 앞으로도 항상 당신을 사랑할 거라는 걸 깨달았어!

애비 (그의 머리를 쓰다듬으며 부드럽게) 당신은 내 남자야, 그렇지?

에벤 난 돌아오려고 뛰기 시작했어. 벌판을 가로지르고 숲을 통과해 지름길로 왔지. 나랑 도망갈 시간이 있을지도 모른다고 생각했거든. 그러면 —

애비 (고개를 흔들며) 난 벌을 받아야 해. 내 죗값을 치르기 위해.

에벤 그럼 나도 당신과 같이 벌을 받을 거야.

애비 당신은 아무 잘못도 없어.

에벤 당신이 그런 생각을 하게 만든 건 나야. 그 애가 죽었으면 좋겠다고 했잖아. 그렇게 하도록 내가 당신을 부추긴 거나 마찬가지야.

애비 아니야, 나 혼자 한 일이야!

에벤 나도 당신만큼 죄가 있어! 그 애는 우리의 죄로 인해 태어난 아이잖아.

애비 (마치 신에게 도전하듯 고개를 들고) 난 그 죄에 대해서는 후회하지 않아! 그 일을 용서해 달라고 신에게 비는 일은 없을 거야!

에벤 나도 그래. 하지만 그 죄가 다른 죄를 낳은 거잖아. 그리고 당신이 살인한 것은 나 때문이었어. 그러니까 내가 저지른 살인이기도 해. 보안관한테도 그렇게 말할 거야. 만약 당신이 부인하면, 우리가 함께 살인을 모의했다고 할 거야. 그러면 다들 내 말을 믿겠지. 왜냐하면 모두들 우리가 했던 모든 일을 의심할 거고, 그들에겐 그게 진실처럼 보일 테니까. 사실상 그게 진실이기도 하고. 어쨌든 내가 당신을 부추겼잖아.

애비 (그의 머리에 자신의 머리를 얹고 흐느끼며) 안 돼! 당신이 고통받는 거, 난 싫어!

에벤 내가 지은 죄만큼 나도 대가를 치를 거야! 당신을 두고 서부로 가는 게 내겐 더 고통일 거야. 밤낮으로 당신을 생각하는 게……. 당신은 감옥에 있는데 나는 밖에서 지내면서……. (목소리를 낮추며) 아니면, 당신이 죽었는데 나만 살아서. (사이) 난 당신과 함께할 거야, 애비. 감옥이든 죽음이든 지옥이든, 어떤 거라도! (애비의 눈을 들여다보며 억지로 떨리는 미소를 짓는다) 당신과 함께라면 최소한 외롭진 않을 테니까!

애비 (약하게) 에벤! 당신이 그렇게 하도록 놔두지 않을 거야! 그럴 수는 없어!

에벤 (그녀에게 키스하며 부드럽게) 당신도 어쩔 수 없어. 이번에는 내가 이겼거든.

애비 (억지로 미소 지으며 숭배하듯) 당신을 가진 이상, 난 진 게 아니야!

에벤 (밖에서 발소리가 들린다) 쉿! 들어 봐! 우릴 잡으러 왔어!

애비 아니, 당신 아버지야. 그이한테 당신과 싸울 기회를 줘서는 안 돼, 에벤. 그가 무슨 말을 하든 아무 말도 하지 마. 나도 그럴 테니까. (캐벗 등장. 몹시 흥분한 상태로 외양간에서 나와 집 쪽으로 성큼성큼 걸어와서는 부엌으로 들어온다. 에벤이 애비 옆에 무릎을 꿇는다. 두 사람은 팔로 서로를 감싸 안은 채 앞을 똑바로 응시하고 있다)

캐벗 (굳은 표정으로 두 사람을 응시한다. 긴 사이. 보복하듯이) 살인한 주제에 아주 때깔 좋은 원앙처럼 앉아 있구먼! 너희들은 함께 나무에 매달아서 바람에 흔들리며 썩도록 놔둬야 해. 그래야 나 같은 늙은 바보들에게는 고독을 참으라는 경고가 되고, 너희 같은 바보들에게는 욕정을 억누르라는 경고가 되지. (사이. 그의 얼굴에 다시 흥분이 되살아나 눈이 번쩍인다. 약간 미친 것 같다) 오늘은 일을 할 수가 없었어. 흥미를 잃어버린 거지. 농장이라면 신물이 나! 난 여길 떠날 거야. 소들과 다른 가축들도 모두 놓아줬어. 그것들이 자유롭게 살 수 있는 숲으로 다 몰아 버렸지! 짐승들을 풀어 주면서 나 자신에게도 자유를 준 거야. 난 오늘 여길 떠난다. 집이랑 외양간이랑 다 태워 버리고 그것들이 불타는 모습을 지켜보겠어. 그리고 네 어미가 그 잿더미 위를 돌아다니게 할 거야. 밭들은 하느님께 돌려 드려야지. 그러면 어떤 인간도 절대 손댈 수 없을걸! 난 캘리포니아로 간다! 시미언과 피터를 만나러……. 그놈들이 멍청한 바보라면 내 자식인 게 분명하겠지. 우리 캐벗 집안이 함께 솔로몬의 광산을 찾아내는 거야. (갑자기 미친 듯이 뛰며 돌아다닌다) 우훕! 그 녀석들이 부르던 노래가 뭐였더라? 오, 캘리포니아! 나를 위한 땅! (노래를 부른다. 그러고는 돈을 감춰 뒀던 마루 판자 옆에 무릎 꿇고 앉는다) 내가 구할 수 있는 가장 좋은 배를 타고 가야지! 내겐 돈이 있으니까! 훔쳐 갈 수 있는 돈을 여기 감춰 둔 것도 몰랐다니 불쌍한 놈……. (판자를 들어 올린다. 안을 들여다보고, 만져 보고, 다시 또 들여다본다. 죽음 같은 침묵. 그는 천천히 돌아서서 바닥에 털썩 주저앉는다. 눈은 죽은 생선의 것 같고 메스꺼움이 엄습한 듯 얼굴에는 푸르스름한 병색이 나타나 있다. 고통스럽게 몇 번 침을 삼키고 나서야 억지로 희미한 미소를 띤다) 그래……. 네놈이 훔쳤구나!

에벤 (감정 없이) 시미언과 피터가 가진 농장 지분과 그 돈을 바꿨어요. 형들에게는 캘리포니아로 갈 여비가 필요했거든요.

캐벗 (냉소적으로) 하! (기운을 회복하기 시작한다. 천천히 일어난다. 낯설게) 하느님은 이 농장을 네 형들에게 주실 거야. 네놈이 아니고! 하느님은 엄하시다. 쉬운 분이 아니야! 아마 서부에서 쉽게 금을 얻을 수는 있겠지. 하지만 그건 하느님의 금이 아니야! 날 위한 금은 아니라고. 더 강해져서 농장에 남아 있으라고 다시금 내게 경고하시는 그분의 목소리가 들리는군. 에벤으로 하여금 그 돈을 훔치게 해서 내가 약해지지 않게 하시려는 그분의 손길이 보여. 내가 하느님 손바닥 안에 있고 그분의 손가락이 날 인도하시는 게 느껴져. (사이. 곧이어 슬프게 중얼거린다) 이제 그 어느 때보다 더 쓸쓸해지겠군. 그리고 난…… 무르익은 채 가지에 매달려서, 주님…… 늙어 가고 있습니다. (그러더니 굳어서) 나 원, 내가 뭘 바라는 거지? 하느님도 외로운 분이신데! 하느님도 지독히 외로우시지! (사이. 왼쪽 길에서 보안관이 부하 두 명을 데리고 나타난다. 그들은

조심스럽게 문으로 다가온다. 보안관이 권총 손잡이로 문을 두드린다)

보안관 법의 이름으로 명하니, 문을 여시오! (그들이 깜짝 놀란다)

캐벗 너희들을 잡으러 왔어! (뒷문으로 나간다) 들어오게, 짐. (세 사람이 들어온다. 캐벗이 문가에서 그들을 맞이한다) 잠깐만, 짐. 내가 여기 잡아 놨어. (보안관이 고개를 끄덕인다. 그는 부하들과 문가에서 기다린다)

에벤 (갑자기 말을 시작한다) 아침엔 거짓말을 했어요. 내가 그녀를 도왔으니 나도 같이 잡아가요.

애비 (울음을 터뜨리며) 안 돼!

캐벗 둘 다 데려가게. (앞으로 나온다. 증오 섞인 감탄의 눈빛으로 에벤을 응시한다) 아주 꼴 좋다! 난 가축들을 데리러 가봐야지. 잘들 가거라.

에벤 안녕히 계세요.

애비 잘 있어요. (캐벗은 돌아서서 보안관들을 지나쳐 성큼성큼 걸어간다. 밖으로 나와 집 모퉁이를 돌아간다. 어깨를 곧게 펴고 굳은 얼굴로 우울하게 외양간 쪽으로 걸어간다. 그때 보안관과 동료들이 집 안으로 들어온다)

보안관 (불편해하며) 자……. 이제 우리는 출발해야지.

애비 기다려요. (에벤에게 돌아서며) 사랑해, 에벤.

에벤 사랑해, 애비. (둘이 키스한다. 보안관과 부하들은 싱긋 웃으며 난처한 듯 서성거린다. 에벤이 애비의 손을 잡고 뒷문으로 나간다. 보안관 일행이 그 뒤를 따른다. 에벤과 애비가 집에서 나와 손을 맞잡고 대문으로 걸어간다. 에벤이 거기에 멈춰 해가 뜨는 하늘을 가리킨다) 해가 뜨네. 참 예쁘지 않아?

애비 으응. (두 사람은 잠시 서서 이상할 정도로 초연하고 경건한 모습으로 하늘을 올려다본다)

보안관 (부러운 듯 농장을 둘러보며 동료들에게) 참 멋진 농장이야, 정말로. 내 거라면 얼마나 좋을까!

막이 내린다.

역자 해설
인간의 욕망, 그 어두운 그늘을 탐구하다

나는 예술가 외에는 아무것도 되고 싶지 않습니다.

하버드 대학의 조지 P. 베이커 교수에게
보낸 편지에서

1

유진 오닐Eugene Gladstone O'Neill이 세상을 떠난 1953년 11월 27일, 미국인들은 미국 연극을 동시대 유럽 연극의 수준까지 끌어올리는 데 지대한 공헌을 한 인물이 역사의 뒤안길로 사라지는 것을 목격한 셈이다. 생전에만 세 번의 퓰리처상과 노벨 문학상을 수상한 오닐의 극작 인생은 끊임없는 도전과 실험으로 점철되었으며, 그의 작업을 통해서 비로소 신대륙의 연극은 단순한 엔터테인먼트가 아닌 고급 예술로 재탄생하게 되었기 때문이다. 1950년대와 1960년대에 테너시 윌리엄

스Tennessee Williams, 아서 밀러Arthur Miller, 에드워드 올비Edward Albee 등의 작가들이 이룬 다양한 성과 역시 오닐이 고군분투하며 개척한 예술적 기반이 없었다면 이룰 수 없었을 것이다. 유진 오닐의 연극은 두 번의 세계 대전이 있었던 20세기 전반 미국의 사회, 문화, 예술, 철학의 변모를 예리하게 비추는 거울 역할을 충실히 해내면서 미국인의 양심과 정신을 지키는 파수꾼이 되었다.

사실 오닐의 작품을 처음부터 읽어 보면 그가 유럽 예술 사조의 흐름을 따라잡기 위해 부단히 노력했음을 알 수 있다. 현대극의 중요한 봉우리라 할 수 있는 입센Henrik Johan Ibsen, 스트린드베리August Strindberg, 카이저Georg Kaiser 등의 극작가들로부터 미국 사회와 가정의 문제를 파헤쳐 비판하는 극적 기법과 그 구성을 배웠으며, 프로이트Sigmund Freud를 비롯한 심리학자들로부터는 정신 세계 연구의 가능성을 배우기도 했다. 가령,「황제 존스The Emperor Jones」와「털북숭이 원숭이The Hairy Ape」 등은 독일 표현주의 연극의 영향을 드러내는 작품이며, 이 책에 번역되어 실린「느릅나무 아래 욕망Desire Under the Elms」은 그가 정신 분석학에도 관심이 있었음을 반증한다. 오닐의 다양한 형식적 실험이 선행되었기에 후대의 극작가들은 신대륙 연극의 가능성을 더욱 확장시킬 수 있는 토대를 확보할 수 있었던 것이다.

오랜 투병 생활과 노년기의 활동 중단으로 인해 사망 후 거의 잊혀 가던 오닐의 명성을 되살린 것은 「밤으로의 긴 여로Long Day's Journey into Night」의 초연이었다. 오닐의 미망인 카를로타Carlotta Monterey는 그의 사후 25년 안에 이 작품을 세상에 내놓지 않겠다는 남편과의 약속을 어기고 3년 만에 원고를 세상에 공개하였다. 그리하여 「밤으로의 긴 여로」는 1956년 2월 스웨덴 스톡홀름에서 초연되었고, 뒤이은 뉴욕 공연으로 오닐은 사후에 네 번째 퓰리처상을 받는 영예를 안게 되었다. 또, 이를 계기로 그의 다른 작품들이 다시 세간의 관심을 끌고 리바이벌 공연의 레퍼토리로 선정되어 전국적으로 공연되기도 하였다. 오닐의 작품이 미국이 아닌 외국에서도 관객의 사랑을 받을 수 있었던 것은, 그가 미국 사회의 울타리에만 갇혀 있지 않고 인간의 보편적인 감정과 물리적인 세계를 예술적으로 아름답게 그려 냈기 때문이다.

오닐의 세계는 작가 개인의 역사에서 비롯되었다고도 할 수 있다. 「밤으로의 긴 여로」가 뉴욕에서 초연되었을 때, 오닐을 아는 많은 이들은 그 극이 온전히 작가 자신의 가족사를 담고 있는 자전적 작품이라고 확신했다. 오닐의 아버지 제임스 오닐James O'Neill은 「밤으로의 긴 여로」에서 제임스 타이런이라는 이름의 아버지 역으로 나타나고 어머니 메리 엘런 퀸란Mary Ellen Quinlan 역시 메리라는 이름으로 등장한다. 극 중 타이런은 자신이 열 살 적에 아버지가 가족을 버리고 아일랜드로 돌아가 버려서 소년 가장으로서 혹독한 고생을 하며 성장하였다고 진술한다. 청년 타이런은 무명 배우로 극단 생활을 하는데, 우연히 출연한 「몽테크리스토 백작Le Comte de Monte-Cristo」이 공전의 성공을 거두고 일약 스타덤에 오르게 됨으로써 돈을 만지게 된다. 하지만 너무 어린 나이에 돈맛을 본 그는 수입이 좋은 「몽테크리스토 백작」의 주인공 에드몽 당테스 역할에서 빠져나오지 못한 채 삼류 배우로서 배우 생활을 마감한다. 「몽테크리스토 백작」의 공연권을 사들여 35년 동안 전국을 순회하며 상당한 돈을 버는 데 성공했지만 거의 유랑 생활과 다름없는 순회공연 생활은 그의 가정을 파탄의 지경으로 몰아넣었다. 정상적인 가정에서 부모의 사랑을 받으며 자라야 할 자식들은 고향도 뿌리도 없이 이 도시 저 도시를 전전하며 호텔방에서 청소년기를 보냈으며, 아내 메리는 막내아들을 낳고 산후 조리를 잘못하는 바람에 병을 얻어 고생을 하지만 타이런은 돈을 아끼기 위해 아내를 술친구인 돌팔이 의사에게 데리고 간다. 병의 치료법을 모르는 돌팔이 의사는 통증 완화를 위해 메리에게 반복적으로 모르핀을 처방하고, 메리는 어느새 마약 중독자로 전락하게 된다(실제로 오닐에게 어머니의 마약 중독은 적지 않은 충격과 절망의 원인이었다). 젊은 시절 유망한 셰익스피어 배우로 성장할 것이라고 주위의 찬사를 받았던 타이런 역시 결국 돈의 노예가 되어 스스로는 물론 가정을 망친 가장이 되어 버린 것이다. 극 말미에 막내아들 에드먼드(유진 오닐 자신의 반영)가 결핵에 걸린 상황에도 타이런은 그를 돈이 덜 드는 주립 요양원에 보내려고 하여 가족을 또 한 번 싸움으로 몰아넣는다.

물론 「밤으로의 긴 여로」는 허구이며 오닐의 전기적인 사실과 거리가 있는 부분도 분명히 존재한다. 그럼에도 불구하고 이 작품은 오닐이 아버지에 대한 해묵은 반감과 마약 중독자 어머니에 대한 끝없는 연민과 회오의 감정을 작품에 담아낸 것이라 해도 좋을 만큼 그의 자전적 요소가 강하다. 오닐은 어린 시절 신에게 어머니가 마약 중독으로부터 벗어나게 해달라고 기도했다. 자신의 기도가 이루어지지 않았을 때 그는 신앙을 버렸고, 이후 그가 작품 속 주인공들을 통해 일관되게 추구한 것은 바로 잃어버린 신앙의 회복이었다. 무능한 신을 대신할 수 있는 절대자를 찾기 위한 그의 노력은 주인공이 물질적 충족에 안주하게 내버려 두지 않고 치열한 영적 세계의 추구를 위해 매진하도록 채찍질한다. 죽기 얼마 전 오닐은 이런 말을 했다고 한다. 〈만약 신이 있다면, 만나 보고 싶어. 여러 가지에 대해 대화를 나누어야지.〉

2

「느릅나무 아래 욕망」은 1924년 11월 11일 뉴욕 맨해튼 도심에 있는 그리니치 빌리지 극장에서 초연을 가졌다. 작품의 외설성에 관한 무성한 소문과 논란 때문인지 당시 극장에는 관객의 행렬이 끊이지 않았다. 결국 이듬해 1월 12일 브로드웨이에서 연장 공연에 들어가게 될 때에는 뉴욕의 공연 검열관이 판사에게 이 작품의 도덕성에 대한 판결을 내려 줄 것을 요청하기까지 했다. 결국 공연 불가 판정을 받지는 않았지만 보스턴과 영국 런던에서는 「느릅나무 아래 욕망」의 상연이 금지되었으며, 로스앤젤레스 공연에서는 전 극단이 외설죄로 경찰에 체포되어 재판을 받아야 했다. 이 재판 도중 판사는 배우들에게 문제의 장면을 연기하도록 지시했다고 한다.

「느릅나무 아래 욕망」에서 우선 관객의 눈을 끄는 인물은 작가의 대변인이기도 한 에벤이다. 이복형 시미언과 피터는 시골 출신인 어머니처럼 촌스럽고 우악스러운 외모를 가지고 있고 도회지보다는 시골 생활을 더 좋아하며 농사꾼의 기질을 타고난 청년들이다. 또한 남성적인 큰 골격과 근육을 가졌으며 조용히 집안일을 하기보다는 들판에 나가 거친 밭일을 하고 동물을 기르는 일에 적응을 더 잘한다. 반면 에벤은 형들과 달리 섬세하고 예민한 성정을 지닌 청년으로 죽은 어머니에 대한 깊은 애정을 간직하고 있는 다정다감한 아들이며, 배다른 형들로부터도 호감을 얻고 있는 동생이다. 뿐만 아니라 이웃사람들도 그의 불쌍한 처지를 동정하고 있으며, 의붓어머니인 애비가 첫눈에 반해 유혹하고 싶을 정도로 매력 있는 젊은이기도 하다. 다만 아버지 밑에서 억압당하며 자란 탓에 우리에 갇힌 동물처럼 억눌린 분노의 에너지가 그의 몸에는 가득 차 있다. 형들과 달리 그에게는 여성적인 면이 있다. 바깥일보다 집 안에서 요리하는 것을 더 좋아하기 때문에 형들을 위해 밥을 짓고 음식을 장만한다. 그의 섬세하고 도회적인 외모와 성격은 어머니로부터 물려받은 것이며, 그의 운명 또한 어머니로부터 간접적인 영향을 받고 있는 것으로 보인다.

막이 오르고 에벤이 내뱉은 첫 대사는 〈예쁘다〉이다. 그에게 농장은 자연의 아름다움을 가꾼 결과물이며 수확이다. 시미언과 피터도 마찬가지로 농장을 둘러보며 〈예쁘다〉라는 대사를 한다. 세 아들은 농장에 대해 애증의 감정을 지니고 있다. 태어나고 자란 정든 곳이라는 점에서 농장에 대한 애정이 있기도 하지만 억압적인 아버지 밑에서 보낸 세월에 대한 한(恨)의 응어리 또한 강하게 맺혀 있다. 다른 측면에서 보자면, 그들에게 농장은 어머니와 연관된 공간이기도 하다. 그 농장에서 아들들의 두 어머니는 결혼 생활을 했고 아버지의 학대로 죽었다. 아들들이 이 농장을 〈예쁘다〉고 말하는 것은 보이지 않는 어머니의 숨결이 곳곳에 배어 있기 때문이다. 집을 감싸고 있는 느릅나무의 가지들은 바로 어머니의 사랑과 희생의 상징이라 할 수 있다. 형들이 캘리포니아로 떠남으로써 아버지의 영향으로부터 벗어나려고 한 것과는 대조적으로, 감수성이 풍부하고 세심한 성격의 에벤이 집에 남아 아버지와 싸워서라도 빼앗긴 것을 되찾으려는 의지를 가지는 것도 이러한 까닭에서이다.

에벤과 대결하는 대표적인 인물은 아버지 이프리엄 캐벗이다. 캐벗의 농장은 말 그대로 그가 피땀으로 자갈밭을 일궈 건설한 세계이다. 캐벗은 자신을 신의 도구로 간주하며, 그가 이곳에 정착한 것도 쉽고 편안한 땅 대신에 힘들고 험한 곳을 개척하라는 신의 뜻을 따른 것이라고 주장한다. 캐벗 농장은 단순한 가옥이나 농사를 위한 벌판이 아니라 신앙과 철학인 셈이며, 그의 아들들이 아버지의 농장에서 제대로 운신하지 못하고 떠나는 것 역시 그 농장이 단순한 물질적 세계가 아니라 투철한 신앙과 냉혹한 의지로 이룬 삶의 등가물이기 때문이다. 아버지의 세계의 상징인 〈돌의 집〉에서는 가족 누구도 편안함을 느낄 수 없으며 아버지와 대결할 수도 없다. 캐벗은 자신의 신에게는 충실한 종일지 모르나 가족들에겐 폭군이며, 자신만 옳다고 주장하는 이기적인 가장이기 때문이다. 따라서 그의 농장은 일견 종교적 신실함에 대한 은혜인 것처럼 보이지만 실상은 가족의 피눈물로 일군 악의 성이나 마찬가지다. 캐벗은 세 번째 결혼으로 자신이 일군 세계의 영속화를 시도하면서도, 기존 가족은 차치하고 새 부인인 애비와도 소통하지 못하는 인물이다. 사랑과 배려로 가족을 돌보기보다는 감시와 처벌을 통해 자기 세계를 통제해 왔으므로 그 세계의 구성원들 사이엔 그를 적대시하는 사람들의 공동 전선이 형성되어 있으며, 결국 그는 세상과 절연된 상태로 대치하며 지내게 되는 것이다.

캐벗가(家)의 구성원들은 신앙과 물질적 번영을 직결시키고, 목적 달성을 위해서라면 서로를 이용하는 것도 아무런 문제가 되지 않는다고 믿는 사람들이다. 가족을 혹독한 노동으로 내몰아 농장을 일군 아버지는 아내를 둘이나 잃고 다시 세 번째 여자를 구하러 다닌다. 그에게 아내는 영혼의 반려자라기보다 농장을 일구는 농기구나 가축과 같은 〈수단〉에 지나지 않는다. 에벤은 농장을 차지하기 위해 숨겨 놓은 돈으로 형들에게서 상속권을 사들인다. 캘리포니아의 금광으로 일확천금의 꿈을 이루려는 형들의 허망한 꿈을 부추김으로써 자신의 목적을 달성하려는 것이다. 시미언과 피터는 평생 고생한 대가로 아버지 사후에 상속받을 농장의 지분을 기대하며 집을 떠나지 않고 있었는데, 아버지가 세 번째 부인을 데리고 온다는 소식에 모든 기대를 버리고 미련 없이 캘리포니아를 향해 집을 떠난다. 아버지가 세 번째 부인을 얻으려는 것은 자식은 물론 누구에게도 농장을 빼앗기지 않으려는 병적인 집착 때문이다. 세 번째 부인인 애비는 소유욕과 정욕을 모두 가진 여인으로, 애초부터 캐벗과의 결혼으로 안정된 재산을 확보하려는 야심을 가지고 있으므로, 집을 떠나지 않고 있는 에벤은 당연히 그녀의 목적 달성에 장해물로 인식될 수밖에 없다. 하지만 곧 그녀의 소유욕은 에벤의 성적 매력에 의해 흐려지면서 파멸의 길을 걷게 된다.

이처럼 복잡했던 인물 간의 갈등은 모든 인물이 농장을 포기하는 것으로 종결된다. 아이의 죽음으로 그동안 형성되어 온 모든 매듭이 풀려 버리는 것이다. 애비가 낳은 아들이 모든 재산을 차지할 것이라는 아버지의 비아냥에 배신감을 이기지 못한 에벤은 자신이 철저히 이용당했다는 생각을 하게 되고 애비 앞에서 아이가 죽기를 바란다. 애비는 에벤의 사랑을 되돌리기 위해 정말로 아이를 살해하고 만다. 아이의 죽음으로 두 사람의 관계는 끝으로 치닫고 에벤은 보안관에게 이 사실을 신고한다. 애비는 자신의 죄를 인정하고 처벌을 달게 받겠다며 사건의 형편을 받아들이고, 차갑게 변해 버린 듯했던 에벤 역시 자신에게 일정 부분 책임이 있으며 그녀와 함께 벌을 받겠다고 말한다. 이처럼 무너져 가던 관계가 다시 회복되면서 두 사람은 함께 보안관에게 연행되고 새로운 희망의 싹을 남기며 떠난다.

3

 유진 오닐의 정신세계는 뉴잉글랜드 청교도의 종교적 도덕주의에 기반을 두고 있었기 때문에 그가 이처럼 외설 논란을 불러일으키는, 어찌 보면 당시로서는 터부시 되는 주제의 작품을 썼다는 것은 얼핏 이해가 되지 않을 수도 있다. 하지만 「느릅나무 아래 욕망」은 시간이 지나면서 점차 비평가들로부터 호의적인 평을 받기 시작했고 오늘날에도 여전히 공연되고 있다. 아들이 아버지와 대결하고, 의붓어머니와 사랑하여 아기를 낳고, 둘 사이의 오해로 인해 어머니가 아이를 살해하는 복잡한 심리극의 구성을 가진 이 작품의 모자 근친상간은 그리스 로마 신화를 비롯한 서양 사상, 특히 헬레니즘의 뿌리에 접맥된다. 이는 고대 희랍 비극인 「오이디푸스 왕 Oedipus the King」, 그리고 「메데이아Medeia」에서 일찍이 다루어졌고, 프랑스 신고전주의 희곡인 라신Jean-Baptiste Racine의 「페드르Phèdre」에서도 반복되는 소재이다.

 「느릅나무 아래 욕망」의 창작 노트에서 오닐은 작품의 배경을 인물들과 거의 같은 비중으로 기술하고 있다. 무대인 집과 집을 덮고 늘어져 있는 느릅나무가 작중 인물들의 운명에 결정적인 영향을 미치는 까닭이다. 이 작품의 제목이 암시하는 것처럼, 오닐은 이 작품에서 자연과 인간의 세계가 접맥되어 있음을 보여 주려 했다. 아들이 계모와 사랑에 빠져 근친상간으로 아이를 출산하는 것은 일견 용납할 수 없는 패륜이라고도 볼 수 있지만, 다른 측면에서 인물들의 정신이 자연, 즉 집의 지붕을 덮고 늘어져 있는 느릅나무의 기운의 영향 아래 있음을 작가는 지적하고 싶었던 것이다. 애비와 에벤이 서로 사랑에 빠지는 것이나 캐벗이 결혼을 하였으되 침실을 등지고 짐승들과 지내는 것을 더 선호하는 것은, 아무리 신의 세계에 가까이 가려 하는 인간도 결국은 자연의 영역 안에 있음을 입증하는 것이다. 캐벗이 평생을 일군 농장을 가지고 저승으로 갈 수 없듯이 애비와 에벤이 사랑하고 아이를 낳는 것은 어쩌면 같은 공간에 거주하는 젊은 남녀가 불가피하게 경험하는 자연의 이치인지도 모른다.

모자간 근친상간이라는 패륜적인 연애 사건이지만, 이 두 남녀의 관계는 표면적인 해석으로만 단순하게 이해할 수 있는 것이 아니다. 캐벗 농장 자체가 여성과 어머니의 영적 공간이기 때문이다. 두 명의 여성이 이 농장에서 어머니와 아내의 역할을 하다가 죽었고, 그들의 한은 작품에서 인물들의 행위를 끌고 나가는 중요한 원동력이다. 에벤과 애비는 큰방에서 서로 사랑을 고백하는데, 서로의 마음을 확인하기 직전 집 안에 감도는 기운을 통해 죽은 어머니의 허락을 받는 것처럼 대화한다. 에벤은 그동안 돌아가신 어머니와 정신적 교류를 하고 있었던 셈이다. 어머니는 그에게 하나의 우주인 동시에 연인이었고, 애비와의 연인 관계는 어머니와의 정신적 관계의 연장이라고 볼 수 있다. 그러므로 그가 애비와 새로운 관계를 맺기 위해서는 어머니의 승인을 받아야 한다. 어머니의 기운이 서려 있는 큰방에서 암묵적으로 둘 사이의 관계를 승인받은 후 두 사람의 관계는 급속도로 가까워진다. 두 사람이 그 공간에서 관계를 맺고 나서 에벤은 어머니가 무덤으로 돌아갔으며 이제 조용히 잠드실 수 있을 거라고 말한다. 한편 에벤의 아이를 임신하면서 애비는 에벤의 아내인 동시에 어머니처럼 행동한다. 다시 말하면 죽은 어머니의 귀환과 같은 셈이다.

두 남녀의 관계는 또한 아버지에 대한 복수이기도 하다. 어머니의 영혼은 무덤에 편안하게 묻혀 있지 못하고 어떤 방법으로든지 아버지에게 복수를 해야 한이 풀리는 형국이었던 것이다. 그리하여 애비의 아들을 통해 자신의 세계를 영속시킬 것이라고 믿던 캐벗의 꿈은 무너지고 만다. 아기가 죽고 에벤과 애비의 연인 관계를 알게 된 후에야 자신의 꿈이 허망한 것이었음을 깨닫는 것이다. 모든 마을 사람들보다 먼저 태어나서 인디언과 전쟁을 했다고 떠들어 대면서 자신이 누구보다도 오래, 1백 살까지 살아 있을 것이라고 뻐기던 캐벗 자신도 결국 캘리포니아로 떠나겠다고 결심하며 극은 그 비극적인 끝을 맺게 된다.

오닐은 미국 서부에 골드러시의 바람이 불던 1850년대 뉴잉글랜드 지방의 한 가족의 역사를 그리려는 의도로 이 작품을 집필하였다고 밝힌다. 뉴잉글랜드 지방은 유럽의 이민자들이 최초로 정착하여 미국의 꿈을 싹틔운 곳이다. 종교적 박해가 없는 기독교 국가 건설의 꿈은 정착의 역사가 길어지고 세대가 거듭됨에 따라 변화와 변질을 겪게 된다. 기독교적 원리에 입각한 도덕주의가 서서히 퇴조하면서 부의 축적이 생활의 우선적 목표가 되어 간 것이다. 종교 역시 자본주의와 밀접하게 결탁되었다. 물질적 번영이야말로 근면 성실의 결과이자 신의 축복이라는 논리가 대두되기 시작하고 사회·경제적 실패는 당연히 죄인들의 죗값으로 치부되었다.

캐벗은 신앙의 이름으로 무자비한 권력을 휘두르며 물질적 성공을 이루었지만, 아버지의 뒤틀린 신앙심에 유린당한 가족들은 만신창이가 된 영혼의 상처를 치유하지 못해 고통받는다. 캐벗이 아무리 화려하고 탄탄한 세계를 건설하였다 해도 그것이 반복된 결혼으로 영속될 수는 없다. 그는 아내들의 사랑을 짓밟고 자신의 세계를 구축했으며 사랑 대신 물질을 택했다. 세 번째 부인 애비가 에벤을 사랑하는 것은 어쩌면 당연한 선택일지도 모른다. 결국 「느릅나무 아래 욕망」은 바로 이런 물질적 성공주의와 도덕적 타락에 대한 작가의 비판과 경고인 셈이다.

손동호

유진 오닐 연보

1888년 출생　10월 16일 유진 글래드스턴 오닐Eugene Gladstone O'Neill, 뉴욕 브로드웨이의 한 호텔에서 태어남. 연극배우였던 아버지 제임스 오닐James O'Neill을 따라다니며 호텔 방과 기차와 무대 뒤에서 어린 시절을 보냄.

1895년 7세　마운트 세인트빈센트 아카데미Mt. Saint Vincent Academy 기숙 학교 입학.

1906년 18세　프린스턴 대학교에 입학하였으나 1907년 자퇴하고 진정한 인생 수업을 받기로 함. 이후 부에노스아이레스, 리버풀, 뉴욕 항에서 부랑자 생활을 하며 알코올 의존증과 자살 미수 등의 시기를 거침.

1909년 21세　캐슬린 젱킨스Cathleen Jenkins와 결혼한 후 곧바로 온두라스로 금광 탐사 여행을 떠남.

1910년 22세　장남 유진 글래드스턴 오닐 2세 출생. 부에노스아이레스행 선박에 선원으로 탑승.

1911년 23세　미국으로 귀국. 맨해튼의 술집 겸 여관 지미 더 프리스트Jimmy-the-Priest's에서 숙식을 해결하며 밑바닥 생활을 함.

1912년 24세 자살 기도. 캐슬린 젱킨스와 이혼하고 코네티컷 뉴런던에 있는 〈몽테크리스토 시골집Monte Cristo Cottage〉으로 돌아옴. 잠시 뉴런던 「데일리 텔레그래프The Daily Telegraph」의 리포터 생활을 하였으나, 결핵으로 12월 24일 게일로드 팜 요양원에 입원. 6개월 동안 지내면서 〈새로 태어나는〉 경험으로 스트린드베리J. A. Strindberg와 베데킨트F. Wedekind, 입센H. Ibsen을 읽고 극작에 대한 자신의 열정을 확인, 첫 단막극을 씀.

1914년 26세 하버드 대학교 조지 피어스 베이커George Pierce Baker 교수의 극작 수업을 들음. 수업 자체에 크게 영향을 받지는 않았으나 지속적으로 작품을 쓰는 계기가 됨. 「갈증, 기타 단막극Thirst, and Other One-Act Plays」 발표.

1916년 28세 매사추세츠 프로빈스타운 부두 극장Wharf Theater에서 「카디프를 향하여 동쪽으로Bound East for Cardiff」와 「갈증」 공연. 뉴욕 〈작가 극장Playwrights Theater〉의 주요 극작가로서 바다를 소재로 한 일련의 단막극을 공연하기 시작함.

1918년 30세 애그니스 볼턴Agnes Boulton과 결혼. 「카리브 제도의 달The Moon of the Caribbees」 공연. 두 번째 아들 셰인 오닐Shane O'Neill 출생.

1920년 32세 「지평선 너머Beyond the Horizon」 공연. 퓰리처상 수상. 아버지 사망. 미국 연극 최초로 흑인 배우를 주연으로 내세운 「황제 존스The Emperor Jones」 공연.

1921년 33세 「애너 크리스티Anna Christie」 공연. 두 번째 퓰리처상 수상.

1923년 35세 형 제임스 오닐 2세 사망.

1924년 36세 미국 연극 최초로 흑백 간의 결혼을 다룬 「신의 아이들은 모두 날개가 달렸네All God's Chillun Got Wings」, 페드라 신화를 기초로 한 「느릅나무 아래 욕망Desire Under the Elms」 공연.

1926년 38세 딸 우나Oona 출생. 「위대한 신 브라운The Great God Brown」 공연.

1928년 40세 「라자루스 웃었다Lazarus Laughed」, 「마르코 밀리언스Marco Millions」, 「이상한 막간극Strange Interlude」 공연. 「이상한 막간극」으로 세 번째 퓰리처상 수상.

1929년 41세 「발전기Dynamo」 상연. 애그니스 볼턴과 이혼하고 곧 배우 카를로타 몬터레이Carlotta Monterey와 결혼. 이들의 결혼 생활은 오닐이 사망할 때까지 지속되었으나, 두 사람의 성격 차이와 카를로타의 진정제 중독으로 별거와 재결합을 반복함.

1931년 43세 남북 전쟁 당시의 미국 사회를 배경으로 그리스 비극을 재해석한 「상복이 어울리는 엘렉트라Mourning Becomes Electra」 공연.

1933년 45세 유일한 희극 「아, 황야!Ah, Wilderness!」 공연.

1936년 48세 노벨 문학상 수상. 이 시기부터 10여 년 동안 11개의 극으로 이루어진 연막극*cycle plays* 「재물을 얻고 자아는 잃은 사람들의 이야기A Tale of Possessors, Self-Dispossessed」를 구상. 1800년대에 시작해서 20세기 초까지 이어지는 미국 가족의 이야기를 열하루 밤에 걸쳐 상연하는 대작으로 기획되었으나, 「시인의 기질A Touch of the Poet」, 「더욱 근사한 저택More Stately Mansions」 등 두 편의 원고만 남긴 채 미완성으로 끝남.

1937년 49세 캘리포니아 댄빌에 타오 하우스Tao House 건축.

1939년 51세 「얼음 장수 오다The Iceman Cometh」 탈고.

1940년 52세 「밤으로의 긴 여로Long Day's Journey into Night」 탈고.

1943년 55세 「불출들을 위한 달A Moon for the Misbegotten」 완성. 딸 우나가 18세의 나이로 54세의 찰리 채플린Charles Spencer Chaplin과 결혼하자 의절함.

1946년 58세 「얼음 장수 오다」 공연.

1947년 59세 「불출들을 위한 달」 공연.

1950년 62세 예일 대학교 고전학 교수로 지내면서 알코올 의존증에 시달리던 장남 유진 오닐 2세 자살. 애그니스 볼턴과의 사이에서 난 아들 셰인도 정신병과 헤로인 중독으로 자살했으나 정확한 연도는 불분명함.

1953년 65세 11월 27일 보스턴의 호텔에서 사망함. 처음에는 파킨슨병이 사인으로 간주되었으나 부검 결과 혈액이 소뇌에 충분히 공급되지 않아 생긴 소뇌피질 위축증에 의한 것으로 밝혀짐.

1955년 「얼음 장수 오다」가 제이슨 로바즈 2세Jason Robards Jr. 주연, 호세 킨테로José Quintero 연출로 리바이벌됨.

1956년 「밤으로의 긴 여로」의 원고가 아내 카를로타에 의해 공개되고 스웨덴 스톡홀름에서 초연됨. 이어 뉴욕에서 호세 킨테로 연출로 공연.

1957년 「밤으로의 긴 여로」로 네 번째 퓰리처상 수상.

열린책들 세계문학 171 느릅나무 아래 욕망

옮긴이 손동호 한국외국어대학교 영어과를 졸업하고 미국 미네소타 대학교에서 영문학 박사 학위를 취득했다. 미국 페어리 디킨슨 대학 교환 교수를 역임했고 2005년 현재 한국외국어대학교 영어 대학 교수로 재직하고 있다. 저서로 『유럽과의 문화 교류를 위한 연극제 자료 조사』(총3권)가 있으며, 『세계 민담 전집 11 ─ 미국편』을 우리말로 옮기고 엮었다.

지은이 유진 오닐 **옮긴이** 손동호 **발행인** 홍예빈·홍유진
발행처 주식회사 열린책들 **주소** 경기도 파주시 문발로 253 파주출판도시
전화 031-955-4000 **팩스** 031-955-4004 **홈페이지** www.openbooks.co.kr
Copyright (C) 주식회사 열린책들, 2011, *Printed in Korea.*
ISBN 978-89-329-1171-7 04840 ISBN 978-89-329-1499-2 (세트)
발행일 2011년 4월 30일 세계문학판 1쇄 2022년 10월 15일 세계문학판 6쇄

이 도서의 국립중앙도서관 출판예정도서목록(CIP)은 서지정보유통지원시스템 홈페이지(http://seoji.nl.go.kr)와 국가자료공동목록시스템(http://www.nl.go.kr/kolisnet)에서 이용하실 수 있습니다.(CIP제어번호:CIP2011001707)

열린책들 세계문학
Open Books World Literature

001 죄와 벌 전2권
표도르 도스또예프스끼 장편소설 | 홍대화 옮김 | 각 408, 512면

죄와 벌의 심리 과정을 따라가며 혁명 사상의 실제적 문제를 제시하는 명작
- 고려대학교 선정 〈교양 명저 60선〉
- 미국 대학 위원회 선정 SAT 추천 도서

003 최초의 인간
알베르 카뮈 장편소설 | 김화영 옮김 | 392면

20세기 문학의 정점을 이룬 알베르 카뮈 최후의 육성
- 1957년 노벨 문학상 수상 작가

004 소설 전2권
제임스 미치너 장편소설 | 윤희기 옮김 | 각 280, 368면

〈소설이란 무엇인가〉라는 주제를 작가, 편집자, 비평가, 독자의 입장에서 풀어 나간 작품
- 〈이달의 청소년도서〉 선정
- 한국 간행물 윤리 위원회 선정 〈청소년 권장 도서〉

006 개를 데리고 다니는 부인
안똔 체호프 소설선집 | 오종우 옮김 | 368면

삶의 진실과 인간의 참모습을 웃음과 울음으로 드러내는 위대한 작품
- 1993년 서울대학교 선정 〈동서 고전 200선〉
- 2002년 노벨 연구소가 선정한 〈세계문학 100선〉

007 우주 만화
이딸로 칼비노 단편집 | 김운찬 옮김 | 416면

25편 단편 속 신비로운 존재 〈크프우프크〉를 통해 환상적으로 창조된 우스꽝스러운 우주

008 댈러웨이 부인
버지니아 울프 장편소설 | 최애리 옮김 | 296면

난해한 〈의식의 흐름〉 기법과 〈내적 독백〉을 시도한 영국 모더니즘 소설의 고전
- 2005년 『타임』지 선정 〈100대 영문 소설〉, 〈20세기 100선〉
- 2009년 『뉴스위크』 선정 〈세계 100대 명작〉

009 어머니
막심 고리끼 장편소설 | 최윤락 옮김 | 544면

혁명의 교과서이자 인간다운 삶의 권리를 일깨우는 영원한 고전
- 1912년 그리보예도프상
- 2006년 이고르 수히흐 교수 〈러시아 문학 20세기의 책 20권〉
- 서울대학교 권장 도서 100선

010 변신
프란츠 카프카 중단편집 | 홍성광 옮김 | 464면

어디에도 안주하지 못하는 인간의 모습을 초현실적으로 그려 낸 카프카의 주옥같은 단편들
- 서울대학교 권장 도서 100선

011 전도서에 바치는 장미
로저 젤라즈니 중단편집 | 김상훈 옮김 | 432면

신화와 SF의 융합, 흥미롭고 지적인 중단편 소설집

012 대위의 딸
알렉산드르 뿌쉬낀 장편소설 | 석영중 옮김 | 240면

역사적 대사건을 가정 소설과 연애 소설의 형식에 녹여 내어 조망한 산문 예술의 정점
- 2000년 한국 백상 출판 문화상 번역상

013 바다의 침묵
베르코르 소설선집 | 이상해 옮김 | 256면

전쟁과 이데올로기에 가려진 인간성에 대하여 고찰한 레지스탕스 문학의 백미

014 원수들, 사랑 이야기
아이작 싱어 장편소설 | 김진준 옮김 | 320면

유대인 학살에서 살아남은 네 남녀의 사랑과 상처를 그린 소설
- 1978년 노벨 문학상 수상 작가

015 백치 전2권
표도르 도스또예프스끼 장편소설 | 김근식 옮김 | 각 504, 528면

백치 미쉬낀을 통해 구현하는 완전한 아름다움과 순수한 인간의 형상
- 피터 박스올 〈죽기 전에 읽어야 할 1001권의 책〉

017 1984년
조지 오웰 장편소설 | 박경서 옮김 | 392면

감시하고 통제하는 전체주의의 권력 앞에 무력해지는 인간의 삶
- 2009년 『뉴스위크』 선정 〈세계 100대 명작〉
- 『타임』지가 뽑은 〈20세기 100선〉

019 이상한 나라의 앨리스
루이스 캐럴 환상동화 | 머빈 피크 그림 | 최용준 옮김 | 336면

시공을 초월하며 상상력과 호기심의 한계를 허무는 루이스 캐럴의 환상 동화
- 2003년 BBC 〈영국인들이 가장 사랑하는 소설 100편〉
- 2004년 〈한국 문인이 선호하는 세계 명작 소설 100선〉

020 베네치아에서의 죽음
토마스 만 중단편집 | 홍성광 옮김 | 432면

삶과 죽음, 예술과 일상이라는 양극의 주제를 다룬 걸작

- 1929년 노벨 문학상 수상 작가
- 피터 박스올 《죽기 전에 읽어야 할 1001권의 책》

021 그리스인 조르바
니코스 카잔차키스 장편소설 | 이윤기 옮김 | 488면

카잔차키스가 그려 낸 자유인 조르바의 영혼의 투쟁

- 2002년 노벨 연구소가 선정한 〈세계문학 100선〉
- 2004년 〈한국 문인이 선호하는 세계 명작·소설 100선〉
- 2005년 동아일보 선정 〈21세기 신고전 50선〉
- 피터 박스올 《죽기 전에 읽어야 할 1001권의 책》

022 벚꽃 동산
안똔 체호프 희곡선집 | 오종우 옮김 | 336면

거창한 사상보다는 삶의 사소함을 객관적인 문체로 그린, 가장 완숙한 체호프의 작품

- 2006년 이고르 수히흐 교수 《러시아 문학 20세기의 책 20권》
- 미국 대학 위원회 선정 SAT 추천 도서
- 서울대학교 권장 도서 100선

023 연애 소설 읽는 노인
루이스 세풀베다 장편소설 | 정창 옮김 | 192면

담백하고 섬세한 문체와 간결한 내용에 인간의 탐욕과 자연의 거대함을 담은 환경 소설

- 1989년 티그레 후안상
- 1998년 전 세계 베스트셀러 8위

024 젊은 사자들 전2권
어윈 쇼 장편소설 | 정영문 옮김 | 각 416, 408면

인간의 어리석음, 광기, 우스꽝스러움을 탁월하게 포착한 전쟁 소설이자 심리 소설

- 1945년 오 헨리 문학상
- 1970년 플레이보이상

026 젊은 베르테르의 슬픔
요한 볼프강 폰 괴테 장편소설 | 김인순 옮김 | 240면

사랑의 열병을 앓는 전 세계 젊은이들의 영혼을 울린 감성 문학의 고전

- 2003년 크리스티아네 취르든 《사람이 읽어야 할 모든 것, 책》
- 피터 박스올 《죽기 전에 읽어야 할 1001권의 책》

027 시라노
에드몽 로스탕 희곡 | 이상해 옮김 | 256면

명랑한 영웅주의 감미로운 연애 감정, 기발하고 화려한 시구들이 돋보이는 명작

- 미국 대학 위원회 선정 SAT 추천 도서

028 전망 좋은 방
E. M. 포스터 장편소설 | 고정아 옮김 | 352면

영국 사회의 계층 간 갈등과 가치관의 충돌을 날카롭게 포착한 걸작

- 1998년 랜덤하우스 모던 라이브러리 선정 〈최고의 영문 소설 100〉
- 피터 박스올 《죽기 전에 읽어야 할 1001권의 책》

029 까라마조프 씨네 형제들 전3권
표도르 도스또예프스끼 장편소설 | 이대우 옮김 | 각 496, 496, 460면

많은 인물군과 에피소드를 통해 심오한 사상과 예술적 깊이를 보여 주는 도스또예프스끼 40년 창작의 결산

- 국립중앙도서관 선정 청소년 권장 도서 50선
- 서울대학교 권장 도서 100선
- 서머싯 몸 선정 세계 10대 소설

032 프랑스 중위의 여자 전2권
존 파울즈 장편소설 | 김석희 옮김 | 각 344면

자유에 대한 정열이 고갈된 20세기에 대한 탁월한 우화

- 1969년 실버펜상
- 2005년 『타임』지 선정 〈100대 영문 소설〉

034 소립자
미셸 우엘벡 장편소설 | 이세욱 옮김 | 448면

성(性) 풍속의 변천 과정을 중심으로 전개되는 두 형제의 쓸쓸한 삶을 다룬 작품

- 1998년 『타임스 리터러리 서플러먼트』 선정 〈올해의 책〉
- 2002년 국제 IMPAC 더블린 문학상
- 1998년 『리르』 선정 〈올해 최고의 책〉

035 영혼의 자서전 전2권
니코스 카잔차키스 자서전 | 안정효 옮김 | 각 352, 408면

카잔차키스 자신의 삶의 여정을 아름답게 묘사한 자전적 소설

037 우리들
예브게니 자먀찐 장편소설 | 석영중 옮김 | 320면

인간이 인간일 수 있음을 방해하는 모든 제도를 거부하는, 디스토피아 소설의 효시

- 2006년 이고르 수히흐 교수 《러시아 문학 20세기의 책 20권》
- 피터 박스올 《죽기 전에 읽어야 할 1001권의 책》

038 뉴욕 3부작
폴 오스터 장편소설 | 황보석 옮김 | 480면

추리 소설의 형식을 빌려 장르의 관습을 뒤엎어 버린, 가장 미국적인 소설

- 피터 박스올 《죽기 전에 읽어야 할 1001권의 책》

039 닥터 지바고 전2권
보리스 파스테르나크 장편소설 | 홍대화 옮김 | 각 480, 592면

장엄한 시대의 증언으로 러시아 문학의 지평을 넓힌 해빙기 문학의 정수
- 1958년 노벨 문학상
- 미국 대학 위원회 선정 SAT 추천 도서
- 『타임』지가 뽑은 〈20세기 100선〉

041 고리오 영감
오노레 드 발자크 장편소설 | 임희근 옮김 | 456면

〈인간 희극〉시리즈의 으뜸으로, 이후 방대한 소설 세계를 열어 주는 발자크의 대표작
- 2002년 노벨 연구소가 선정한 〈세계문학 100선〉
- 연세대학교 권장 도서 200권

042 뿌리 전2권
알렉스 헤일리 장편소설 | 안정효 옮김 | 각 400, 448면

10여 년간의 철저한 자료 조사로 재구성된 르포르타주 문학의 걸작
- 1977년 퓰리처상
- 1977년 전미 도서상
- 2004년 〈한국 문인이 선호하는 세계 명작 소설 100선〉
- 2005년 헨리 포드사 선정 〈75년간 미국을 뒤바꾼 75가지〉

044 백년보다 긴 하루
친기즈 아이뜨마또프 장편소설 | 황보석 옮김 | 560면

꿈꾸는 듯한 현실과 현실 같은 상상이 절묘하게 어우러진, 소비에트 문화권 최고의 스테디셀러
- 1983년 소비에트 문학상
- 1994년 오스트리아 유럽 문학상

045 최후의 세계
크리스토프 란스마이어 장편소설 | 장희권 옮김 | 264면

신화적 인물과 모티프를 현대적 관심사들과 결합시킨 지적 신화 소설
- 1988년 프랑크푸르트 도서전 선정 〈올해의 책〉
- 1988년 안톤 빌트간스상
- 1992년 독일 바이에른 주 학술원 대문학상
- 피터 박스의 〈죽기 전에 읽어야 할 1001권의 책〉

046 추운 나라에서 돌아온 스파이
존 르카레 장편소설 | 김석희 옮김 | 368면

20세기 냉전이 낳은 존 르카레 최고의 스릴러
- 1963년 서머싯 몸상
- 1963년 영국 추리작가 협회상
- 1963년 미국 추리작가 협회상
- 2005년 『타임』지 선정 〈100대 영문 소설〉

047 산도칸 — 몸프라쳄의 호랑이
에밀리오 살가리 장편소설 | 유향란 옮김 | 428면

말레이시아 해를 배경으로 펼쳐지는 해적 산도칸과 그의 친구 야네스의 활약상
- 피터 박스의 〈죽기 전에 읽어야 할 1001권의 책〉

048 기적의 시대
보리슬라프 페키치 장편소설 | 이윤기 옮김 | 560면

예수가 행한 기적의 이면을 인간의 입장에서 조명한 기막힌 패러디
- 1965년 유고슬라비아 문학상

049 그리고 죽음
짐 크레이스 장편소설 | 김석희 옮김 | 224면

성장과 소멸, 삶과 죽음이 자연과 인간에게 주는 의미를 성찰하게 하는 걸작
- 1999년 전미 비평가 협회상
- 1999년 『가디언』 선정 〈올해의 책〉

050 세설 전2권
다니자키 준이치로 장편소설 | 송태욱 옮김 | 각 480면

몰락한 오사카 상류층의 네 자매의 결혼 이야기를 통해 당시의 풍속을 잔잔하게 그린 작품

052 세상이 끝날 때까지 아직 10억 년
스뜨루가츠끼 형제 장편소설 | 석영중 옮김 | 224면

반유토피아 문학의 전통을 계승한 정치 풍자로 판금 조치를 당하기도 한 문제작
- 1988년 〈이달의 청소년 도서〉 선정

053 동물 농장
조지 오웰 장편소설 | 박경서 옮김 | 208면

스딸린 통치의 역사를 동물 우화에 빗댄 정치 알레고리 소설의 고전
- 2008년 영국 플레이닷컴 선정 〈역사상 가장 위대한 소설 10〉
- 2009년 『뉴스위크』 선정 〈세계 100대 명저〉

054 캉디드 혹은 낙관주의
볼테르 장편소설 | 이봉지 옮김 | 232면

해학과 풍자를 통해 작가 자신의 철학을 고스란히 담아 낸 철학적 콩트의 정수
- 1993년 서울대학교 선정 〈동서 고전 200선〉
- 미국 대학 위원회 선정 SAT 추천 도서

055 도적 떼
프리드리히 폰 실러 희곡 | 김인순 옮김 | 264면

〈형제의 반목〉이라는 모티프를 이용하여 자유와 반항을 설득력 있게 묘사한 비극
- 1993년 서울대학교 선정 〈동서 고전 200선〉
- 고려대학교 선정 〈교양 명저 60선〉

056 플로베르의 앵무새
줄리언 반스 장편소설 | 신재실 옮김 | 320면

예술 작품을 둘러싸고 벌어지는 인간 사회의 다양한 양상을 날카롭게 통찰한 작품
- 1986년 메디치상
- 1986년 E. M. 포스터상
- 1987년 구텐베르크상

057 악령 전3권
표도르 도스또예프스끼 장편소설 | 박혜경 옮김 | 각 328, 408, 528면
실제 사건에 심리적, 형이상학적 색채를 가미한 위대한 비극
- 1966년 동아일보 선정 〈한국 명사들의 추천 도서〉
- 피터 박스올 〈죽기 전에 읽어야 할 1001권의 책〉

060 의심스러운 싸움
존 스타인벡 장편소설 | 윤희기 옮김 | 340면
1930년대 대공황기 캘리포니아 농장 지대의 파업을 극적으로 그린 소설
- 1937년 캘리포니아 커먼웰스 클럽 금상
- 1962년 노벨 문학상 수상 작가

061 몽유병자들 전2권
헤르만 브로흐 장편소설 | 김경연 옮김 | 각 568, 544면
현대 문명의 병폐와 가치의 붕괴를 상징적 비판적으로 해석한 박물 소설이자 모든 문학적 표현 수단의 총체

063 몰타의 매
대실 해밋 장편소설 | 고정아 옮김 | 304면
하드보일드 소설의 창시자 대실 해밋의 세계 최초 탐정 소설
- 2009년 「뉴스위크」 선정 〈세계 100대 명작〉
- 뉴욕 추리 전문 서점 블랙 오키드 선정 〈최고의 추리 소설 10〉

064 마야꼬프스끼 선집
블라지미르 마야꼬프스끼 선집 | 석영중 옮김 | 384면
20세기 러시아의 위대한 혁명 시인 마야꼬프스끼의 대표적인 시와 산문 모음집

065 드라큘라 전2권
브램 스토커 장편소설 | 이세욱 옮김 | 각 340, 344면
공포와 성(性)을 결합시킨 환상 문학의 고전
- 2003년 크리스티애나 취른트 〈사람이 읽어야 할 모든 것 책〉
- 피터 박스올 〈죽기 전에 읽어야 할 1001권의 책〉

067 서부 전선 이상 없다
에리히 마리아 레마르크 장편소설 | 홍성광 옮김 | 336면
지극히 평범한 한 인간을 통해 전쟁의 본질을 보여 주는, 가장 위대한 전쟁 소설
- 미국 대학 위원회 선정 SAT 추천 도서
- 「타임」지가 뽑은 〈20세기 100선〉
- 피터 박스올 〈죽기 전에 읽어야 할 1001권의 책〉

068 적과 흑 전2권
스탕달 장편소설 | 임미경 옮김 | 각 432, 368면
〈출세〉를 향한 젊은이의 성공과 좌절을 통해 부조리한 사회 구조를 고발한 작품
- 2002년 노벨 연구소가 선정한 〈세계문학 100선〉
- 국립중앙도서관 선정 청소년 권장 도서 50선
- 서울대학교 권장 도서 100선

070 지상에서 영원으로 전3권
제임스 존스 장편소설 | 이종인 옮김 | 각 396, 380, 496면
제2차 세계 대전을 배경으로 두 쌍의 연인을 통해 하와이 주둔 미군 부대의 실상을 폭로한 자연주의 소설
- 1952년 전미 도서상
- 1998년 랜덤하우스 모던 라이브러리 선정 〈최고의 영문 소설 100〉

073 파우스트
요한 볼프강 폰 괴테 희곡 | 김인순 옮김 | 568면
진리를 찾는 파우스트를 통해 인간사의 모든 문제를 상징적으로 표현한 고전 중의 고전
- 2002년 노벨 연구소가 선정한 〈세계문학 100선〉
- 2003년 국립중앙도서관 선정 〈고전 100선〉
- 미국 대학 위원회 선정 SAT 추천 도서
- 서울대학교 권장 도서 100선
- 「뉴스위크」 선정 〈세상을 움직인 100권의 책〉

074 쾌걸 조로
존스턴 매컬리 장편소설 | 김훈 옮김 | 316면
마스크 뒤에 정체를 감추고 폭압에 맞서 싸우는 쾌걸 조로의 가슴 시원한 활약

075 거장과 마르가리따 전2권
미하일 불가꼬프 장편소설 | 홍대화 옮김 | 각 364, 328면
스탈린 치하의 소비에트 사회를 풍자하는 서늘한 공포와 유쾌한 웃음의 묘미
- 2006년 이고르 수히흐 교수 〈러시아 문학 20세기의 책 20권〉
- 피터 박스올 〈죽기 전에 읽어야 할 1001권의 책〉

077 순수의 시대
이디스 워튼 장편소설 | 고정아 옮김 | 448면
사랑과 결혼의 의미를 찾는 세 남녀의 이야기를 세밀하게 그려 낸 연애 소설의 고전
- 1998년 랜덤하우스 모던 라이브러리 선정 〈최고의 영문 소설 100〉
- 2009년 「뉴스위크」 선정 〈세계 100대 명작〉

078 검의 대가
아르투로 페레스 레베르테 장편소설 | 김수진 옮김 | 384면
1868년 마드리드, 역사적인 음모와 계략 그리고 화려한 검술이 엮어 내는 지적 미스터리
- 1993년 「리르」지 선정 〈10대 외국 소설가〉
- 1997년 코레오 그룹상
- 2000년 「뉴욕 타임스」 선정 〈올해의 포켓북〉

079 예브게니 오네긴
알렉산드르 뿌쉬낀 운문소설 | 석영중 옮김 | 328면
패러디의 소설이자 소설의 패러디. 러시아가 낳은 위대한 시인 뿌쉬낀의 장편 운문 소설
- 고려대학교 선정 〈교양 명저 60선〉
- 연세대학교 권장 도서 200권

080 장미의 이름 전2권
움베르토 에코 장편소설 | 이윤기 옮김 | 각 440, 448면

에코의 해박한 인류학적 지식과 기호학 이론이 녹아 있는 중세 추리 소설

- 1981년 스트레가상
- 1982년 메디치상
- 「타임」지가 뽑은 〈20세기 100선〉

082 향수
파트리크 쥐스킨트 장편소설 | 강명순 옮김 | 384면

지상 최고의 향수를 만들려는 한 악마적 천재의 기상천외한 이야기

- 2003년 BBC 「빅리드」 조사 〈영국인들이 가장 사랑하는 소설 100편〉
- 2008년 서울대학교 대출 도서 순위 20

083 여자를 안다는 것
아모스 오즈 장편소설 | 최창모 옮김 | 280면

현대 히브리 문학의 대표적 작가이자 평화 운동가인 아모스 오즈의 대표작

084 나는 고양이로소이다
나쓰메 소세키 장편소설 | 김난주 옮김 | 544면

고양이의 눈에 비친 인간들의 우스꽝스럽고도 서글픈 초상

085 웃는 남자 전2권
빅토르 위고 장편소설 | 이형식 옮김 | 각 472, 496면

17세기 영국 사회에 대한 묘사와 역사에 대한 통찰력이 돋보이는 위고의 최고 걸작

087 아웃 오브 아프리카
카렌 블릭센 장편소설 | 민승남 옮김 | 480면

아프리카에 바치는, 아프리카인과 나눈 사랑과 교감 그리고 우정과 깨달음의 기록

- 피터 박스올 〈죽기 전에 읽어야 할 1001권의 책〉

088 무엇을 할 것인가 전2권
니콜라이 체르니셰프스키 장편소설 | 서정록 옮김 | 각 360, 404면

젊은 지식인들에게 〈혁명의 교과서〉로 추앙받은 사회주의 이상 소설

090 도나 플로르와 그녀의 두 남편 전2권
조르지 아마두 장편소설 | 오숙은 옮김 | 각 408, 308면

브라질의 국민 작가 아마두의 관능적이고도 익살이 넘치는 대표작

092 미사고의 숲
로버트 홀드스톡 장편소설 | 김상훈 옮김 | 424면

신화의 원형과 〈숲〉으로 상징되는 집단 무의식의 본질을 유려한 문체로 형상화한 걸작

- 1985년 세계 환상 문학상 대상
- 2003년 프랑스 환상 문학상 특별상

093 신곡 전3권
단테 알리기에리 장편서사시 | 김운찬 옮김 | 각 292, 296, 328면

총 1만 4233행으로 기록된, 단테의 일주일 동안의 저승 여행 이야기

- 2009년 「뉴스위크」 선정 〈세계 100대 명작〉
- 서울대학교 권장 도서 100선

096 교수
샬럿 브론테 장편소설 | 배미영 옮김 | 368면

권위와 위선을 거부하고 자립해 가는 인간들의 모순된 내면 심리에 대한 탁월한 묘사

097 노름꾼
표도르 도스토예프스키 장편소설 | 이재필 옮김 | 320면

잡지의 실패, 형과 아내의 죽음, 빚······. 파국으로 치닫는 악몽 같은 이야기로 승화한 작가의 회상

098 하워즈 엔드
E. M. 포스터 장편소설 | 고정아 옮김 | 512면

정교한 플롯과 다채로운 인물 묘사가 돋보이는 E. M. 포스터의 역작

- 1998년 랜덤하우스 모던 라이브러리 선정 〈최고의 영문 소설 100〉
- 2004년 〈한국 문인이 선호하는 세계 명작 소설 100선〉

099 최후의 유혹 전2권
니코스 카잔차키스 장편소설 | 안정효 옮김 | 각 408면

예수뿐 아니라 그의 주변 인물들에게까지 생생한 살과 영혼을 부여한 소설

- 피터 박스올 〈죽기 전에 읽어야 할 1001권의 책〉

101 키리냐가
마이크 레스닉 장편소설 | 최용준 옮김 | 464면

모든 문제에 대한 해답이 존재했던, 잃어버린 유토피아에 관한 우화

- 1989년 휴고상

102 바스커빌가의 개
아서 코넌 도일 장편소설 | 조영학 옮김 | 264면

가장 매력적인 탐정 〈셜록 홈스〉를 창조해 낸 코넌 도일 최고의 장편소설

- 「히치콕 매거진」 선정 〈세계 10대 추리 소설〉
- 피터 박스올 〈죽기 전에 읽어야 할 1001권의 책〉

103 버마 시절
조지 오웰 장편소설 | 박경서 옮김 | 408면

〈인도 제국주의 경찰〉이라는 실제 경험을 바탕으로 완성한 조지 오웰의 첫 장편. 그 식민지의 기록

104 10 1/2장으로 쓴 세계 역사
줄리언 반스 장편소설 | 신재실 옮김 | 464면

패러디, 다큐멘터리, 에세이 등 다양한 형식을 통한 세계 역사의 포스트모더니즘적 전복

105 죽음의 집의 기록
표도르 도스또예프스끼 장편소설 | 이덕형 옮김 | 528면

도스또예프스끼의 실제 경험이 가장 많이 반영된 다큐멘터리적 소설

- 1955년 시카고 대학 그레이트 북스
- 피터 박스올 《죽기 전에 읽어야 할 1001권의 책》

106 소유 전2권
수전 바이어트 장편소설 | 윤희기 옮김 | 각 440, 488면

우연히 발견된 편지의 비밀을 좇으며 알아 가는 빅토리아 시대의 사랑, 그리고 현실의 사랑

- 1990년 부커상
- 1990년 영국 최고 영예 지도자상인 커맨더(CBE) 훈장
- 2005년 『타임』지 선정 《100대 영문 소설》

108 미성년 전2권
표도르 도스또예프스끼 장편소설 | 이상룡 옮김 | 각 512, 544면

불행한 운명을 타고난 한 청년이 이상과 현실 사이에서 방황하는 모습을 그린 성장 소설

110 성 앙투안느의 유혹
귀스타브 플로베르 희곡소설 | 김용은 옮김 | 584면

《낭만주의적 구도자》 귀스타브 플로베르가 스스로 밝힌 《평생의 작품》

111 밤으로의 긴 여로
유진 오닐 희곡 | 강유나 옮김 | 240면

치솟는 애증과 한없는 연민의 다른 이름, 《가족》에 대한 유진 오닐의 자전적 고백

- 1936년 노벨 문학상 수상 작가
- 1957년 퓰리처상
- 미국 대학 위원회 선정 SAT 추천 도서
- 『타임』지가 뽑은 《20세기 100선》

112 마법사 전2권
존 파울즈 장편소설 | 정영문 옮김 | 각 512, 552면

중층적 책략과 거미줄처럼 깔린 복선, 다양한 상징이 어우러진 거대한 환상의 숲

- 2003년 BBC 〈빅리드〉 조사 《영국인들이 가장 사랑하는 소설 100편》
- 『타임』지 선정 《100대 영문 소설》

114 스쩨빤치꼬보 마을 사람들
표도르 도스또예프스끼 장편소설 | 변현태 옮김 | 416면

작가의 시베리아 유형 직후에 발표된 작품. 유쾌한 희극적 기법과 언어의 기막힌 패러디

115 플랑드르 거장의 그림
아르투로 페레스 레베르테 장편소설 | 정창 옮김 | 512면

그림에 감추어진 문장으로 과거를 추적해 가는 미스터리이자 역사 추리 소설

- 1993년 프랑스 추리 소설 대상
- 1993년 『리르』지 선정 《10대 외국인 소설가》

116 분신
표도르 도스또예프스끼 장편소설 | 석영중 옮김 | 288면

〈의식의 분열〉이라는 도스또예프스끼 창작의 가장 중요한 테마를 예고한 작품

117 가난한 사람들
표도르 도스또예프스끼 장편소설 | 석영중 옮김 | 256면

보잘것없는 하급 관리와 욕심 많은 지주의 아내가 되는 가엾은 처녀가 주고받은 편지

118 인형의 집
헨리크 입센 희곡 | 김창화 옮김 | 272면

누군가의 아내 혹은 어머니가 아닌, 한 〈인간〉으로서의 여성의 깨달음을 그린 희제작

- 미국 대학 위원회 선정 SAT 추천 도서
- 〈뉴스위크〉 선정 《세상을 움직인 100권의 책》

119 영원한 남편
표도르 도스또예프스끼 장편소설 | 정명자 외 옮김 | 448면

도스또예프스끼의 심화된 예술 세계를 보여 주는 단편 모음집

120 알코올
기욤 아폴리네르 시집 | 황현산 옮김 | 352면

파격적인 시풍과 유려한 내재율을 자랑하는 기욤 아폴리네르의 첫 시집

121 지하로부터의 수기
표도르 도스또예프스끼 장편소설 | 계동준 옮김 | 256면

선악의 충돌, 환경과 윤리의 갈등, 인간의 번민과 그리스도를 통한 구원에 관한 이야기들

122 어느 작가의 오후
페터 한트케 중편소설 | 홍성광 옮김 | 160면

세계적 작가 페터 한트케가 소설의 형식으로 써내려간 독특한 〈작가론〉, 한트케식 글쓰기의 표본

123 아저씨의 꿈
표도르 도스또예프스끼 장편소설 | 박종소 옮김 | 312면

과장의 기법과 희화적 색채를 드러낸 도스또예프스끼의 풍자 드라마 혹은 사회 비판적 소설

124 네또츠까 네즈바노바
표도르 도스또예프스끼 장편소설 | 박재만 옮김 | 316면

네또츠까 네즈바노바는 한 여성의 일대기를 다룬 도스또예프스끼 최초의 장편이자 미완성작

125 곤두박질
마이클 프레인 장편소설 | 최용준 옮김 | 528면

해박한 미술사적 지식을 토대로 한 예술 소설이자 역사적 배경 속에서 벌어지는 사회심리 코미디

- 1999년 『타임스 리터러리 서플리먼트』 선정 《올해의 책》
- 1999년 휫브레드상

126 백야 외
표도르 도스또예프스끼 소설선집 | 석영중 외 옮김 | 408면

도스또예프스끼의 유토피아적 사회주의 사상이 나타난 단편 모음으로, 뻬뜨로빠블로프스끄 감옥에 수감된 동안의 삶의 환희 등이 엿보이는 작품

127 살라미나의 병사들
하비에르 세르카스 장편소설 | 김창민 옮김 | 304면

1939년 프랑스 국경 숲 집단 총살에서 살아남은 작가이자 팔랑헤당의 핵심 멤버였던 산체스 마사스를 추적하는, 탐정 소설 형식을 띤 이야기

- 2001년 스페인 살람보상, 「케 레에르」지 독자상, 바르셀로나 시의 상
- 2004년 영국 「인디펜던트」 외국 소설상

128 뻬쩨르부르그 연대기 외
표도르 도스또예프스끼 소설선집 | 이항재 옮김 | 296면

새로운 테마와 방법으로 고심한 흔적이 나타나는, 당대 사회에 대한 날카로운 관찰자적 시각을 가지고 간결하고 세련된 문체를 사용한 작품

129 상처받은 사람들 전2권
표도르 도스또예프스끼 장편소설 | 윤우섭 옮김 | 각 296, 392면

19세기 중엽 뻬쩨르부르그 상류 사회의 이중적 삶과 하층민의 고통, 그로 인한 비극적 갈등과 모순을 그린 작품

131 악어 외
표도르 도스또예프스끼 소설선집 | 박혜경 외 옮김 | 312면

도스또예프스끼의 중기 단편, 점차 완숙해져 가는 작가의 예술적·사상적 세계관이 돋보이는 작품

132 허클베리 핀의 모험
마크 트웨인 장편소설 | 윤교찬 옮김 | 416면

모험 소설의 대가, 미국의 셰익스피어라 불리는 마크 트웨인의 대표작

- 미국 대학 위원회 선정 SAT 추천 도서
- 서울대학교 권장 도서 100선

133 부활 전2권
레프 똘스또이 장편소설 | 이대우 옮김 | 각 308, 416면

똘스또이의 세계관이 담긴 거대한 사상서, 끝없는 용서와 사랑으로 부활하는 인간성에 대한 이야기

- 2003년 국립중앙도서관 선정 〈고전 100선〉
- 2004년 〈한국 문인이 선호하는 세계 명작 소설 100선〉

135 보물섬
로버트 루이스 스티븐슨 장편소설 | 최용준 옮김 | 360면

백 년이 넘게 전 세계 독자들의 사랑을 받아 온 해양 모험 소설의 고전

- 2003년 BBC 「빅리드」 조사 〈영국인들이 가장 사랑하는 소설 100편〉
- 미국 대학 위원회 선정 SAT 추천 도서

136 천일야화 전6권
앙투안 갈랑 | 임호경 옮김 | 각 336, 328, 372, 392, 344, 320면

마법과 흥미진진한 모험 속에서 아랍의 문화와 관습은 물론 아랍인들의 세계관과 기질을 재미있게 전하는 앙투안 갈랑의 〈천일야화〉 완역판

- 2003년 국립중앙도서관 선정 〈고전 100선〉

142 아버지와 아들
이반 뚜르게네프 장편소설 | 이상원 옮김 | 328면

격변기 러시아의 세대 갈등, 〈보수〉와 〈진보〉가 대립하는 시대상을 묘사하여 논쟁을 불러일으킨 작품

- 1993년 서울대학교 선정 〈동서 고전 200선〉
- 미국 대학 위원회 선정 SAT 추천 도서

143 오만과 편견
제인 오스틴 장편소설 | 원유경 옮김 | 480면

오만과 편견에서 비롯된 모든 갈등과 모순은 결혼으로 해결된다, 셰익스피어에 버금가는 작가 제인 오스틴의 대표작

- 1954년 서머싯 몸이 추천한 세계 10대 소설
- 2002년 노벨 연구소가 선정한 〈세계 문학 100선〉
- 미국 대학 위원회 선정 SAT 추천 도서

144 천로 역정
존 버니언 우화소설 | 이동일 옮김 | 432면

좁은 문을 지나 천국에 이르는 순례자의 여정, 침례교 설교자 존 버니언의 대표작인 종교적 우화소설

- 1945년 호레이스 십 선정 〈세계를 움직인 책 10권〉
- 2003년 국립중앙도서관 선정 〈고전 100선〉
- 2004년 〈한국 문인이 선호하는 세계 명작 소설 100선〉

145 대주교에게 죽음이 오다
윌라 캐더 장편소설 | 윤명옥 옮김 | 352면

웅대한 자연환경과 함께 뉴멕시코 선교사들의 삶을 그린, 퓰리처상 수상 작가 윌라 캐더의 아름다운 신화적 소설

- 2005년 「타임」지 선정 〈100대 영문 소설〉
- 2009년 「뉴스위크」 선정 〈세계 100대 명작〉
- 미국 대학 위원회 선정 SAT 추천 도서

146 권력과 영광
그레이엄 그린 장편소설 | 김연수 옮김 | 384면

군사 혁명 시절의 멕시코, 범법자이자 도망자를 자처한 어느 사제의 이야기, 불구가 된 세상이 신의 대리인에게 내리는 가혹한 형벌, 혹은 놀라운 축복!

- 2005년 「타임」지 선정 〈100대 영문 소설〉

147 80일간의 세계 일주
쥘 베른 장편소설 | 고정아 옮김 | 352면

공상 과학 소설의 고전, 지금까지 전 세계에 가장 많은 번역 작품을 남긴 쥘 베른, 그가 그려 낸 80일 동안의 세계 일주

- 미국 대학 위원회 선정 SAT 추천 도서

148 바람과 함께 사라지다 전3권
마거릿 미첼 장편소설 | 안정효 옮김 | 각 616, 640, 640면

미국 문학사상 최고의 이야기꾼 마거릿 미첼의 대표작. 전쟁의 폐허 속에서 살아가는 여성의 이야기
- 1937년 퓰리처상
- 2009년 「뉴스위크」 선정 〈세계 100대 명저〉

151 기탄잘리
라빈드라나트 타고르 시집 | 장경렬 옮김 | 224면

먼 곳을 가깝게 하고 낯선 이를 형제로 만드는 타고르 시의 힘 나그네, 연인…… 〈님〉을 그리는 가난한 마음들이 바치는 노래의 화환
- 1913년 노벨 문학상
- 2003년 국립중앙도서관 선정 〈고전 100선〉

152 도리언 그레이의 초상
오스카 와일드 장편소설 | 윤희기 옮김 | 384면

예술과 삶의 관계를 해명한 오스카 와일드의 유일한 장편소설
- 1996년 동아일보 선정 〈한국 명사들의 추천 도서〉
- 미국 대학 위원회 선정 SAT 추천 도서

153 레우코와의 대화
체사레 파베세 희곡소설 | 김운찬 옮김 | 280면

이탈리아 신사실주의 문학을 대표하는 파베세의 급진적인 신화 해석

154 햄릿
윌리엄 셰익스피어 희곡 | 박우수 옮김 | 256면

삶과 죽음, 도덕과 양심, 의지와 운명 등 다양한 문제를 동반한 존재 탐구의 여정
- 2002년 노벨 연구소가 선정한 〈세계문학 100선〉
- 미국 대학 위원회 선정 SAT 추천 도서

155 맥베스
윌리엄 셰익스피어 희곡 | 권오숙 옮김 | 176면

모순과 역설을 통해 인간 내면의 온갖 가치 충돌을 그려 낸, 셰익스피어 4대 비극의 마지막 작품
- 2002년 노벨 연구소가 선정한 〈세계문학 100선〉
- 미국 대학 위원회 선정 SAT 추천 도서

156 아들과 연인 전2권
D. H. 로런스 장편소설 | 최희섭 옮김 | 각 464, 432면

19세기 말에서 20세기 초 영국 사회 하층 계급의 삶을 생생하게 묘사한 로런스의 자전적 소설!
- 2002년 노벨 연구소가 선정한 〈세계문학 100선〉
- 2009년 「뉴스위크」 선정 〈세계 100대 명저〉

158 그리고 아무 말도 하지 않았다
하인리히 뵐 장편소설 | 홍성광 옮김 | 272면

〈전후 독일에서 쓰인 최고의 책〉이라고 극찬받은 작품. 섬세하게 묘사된 전후의 내면 풍경
- 1972년 노벨 문학상 수상 작가

159 미덕의 불운
싸드 장편소설 | 이형식 옮김 | 248면

신앙 깊고 정숙한 미덕의 화신 쥐스띤느에게 가해지는 잔혹한 운명. 〈싸디즘〉의 유래가 된 문제작

160 프랑켄슈타인
메리 W. 셸리 장편소설 | 오숙은 옮김 | 320면

공포 소설, 공상 과학 소설의 고전. 과학의 발전과 실험이 불러올지도 모를 끔찍한 재앙에 대한 경고
- 2009년 「뉴스위크」 선정 〈세계 100대 명저〉
- 미국 대학 위원회 선정 SAT 추천 도서

161 위대한 개츠비
프랜시스 스콧 피츠제럴드 장편소설 | 한애경 옮김 | 280면

개츠비, 닉, 톰이라는 세 캐릭터를 통해 시대적 불안을 뛰어나게 묘사한 고전
- 2005년 「타임」지 선정 〈100대 영문 소설〉
- 미국 대학 위원회 선정 SAT 추천 도서

162 아Q정전
루쉰 중단편집 | 김태성 옮김 | 320면

현대 중국의 문학과 인문 정신의 출발을 상징하는 루쉰의 소설집
- 1996년 「뉴욕 타임스」 선정 〈20세기에 가장 큰 영향을 끼친 그레이트 북스〉

163 로빈슨 크루소
대니얼 디포 장편소설 | 류경희 옮김 | 456면

최초의 본격 소설이자 근대 소설의 효시. 국적과 시대와 세대를 불문한 여행기 문학의 대표작
- 2003년 국립중앙도서관 선정 〈고전 100선〉
- 미국 대학 위원회 선정 SAT 추천 도서

164 타임머신
허버트 조지 웰스 소설선집 | 김석희 옮김 | 304면

SF의 거인 허버트 조지 웰스가 그려 낸 인류의 미래 그 잔혹한 기적
- 2003년 크리스티아네 취른트 〈사람이 읽어야 할 모든 것 책〉
- 피터 박스올 〈죽기 전에 읽어야 할 1001권의 책〉

165 제인 에어 전2권
샬럿 브론테 장편소설 | 이미선 옮김 | 각 392, 384면

가난한 고아 가정 교사 제인 에어와 부유하지만 불행한 로체스터의 사랑을 주제로 한 연애 소설
- 미국 대학 위원회 선정 SAT 추천 도서
- 피터 박스올 〈죽기 전에 읽어야 할 1001권의 책〉

167 풀잎
월트 휘트먼 시집 | 허현숙 옮김 | 280면

자유시의 선구자 월트 휘트먼. 40년간 수정과 증보를 거듭한 시집 『풀잎』의 초판 완역본
- 2002년 노벨 연구소가 선정한 〈세계문학 100선〉
- 2009년 「뉴스위크」 선정 〈세계 100대 명저〉

168 표류자들의 집
기예르모 로살레스 장편소설 | 최유정 옮김 | 216면
쿠바와 미국, 그 어느 땅에도 뿌리박기를 거부한 작가 기예르모 로살레스. 그가 생전에 남긴 단 한 권의 책
• 1987년 황금 문학상

169 배빗
싱클레어 루이스 장편소설 | 이종인 옮김 | 520면
일반 명사가 된 한 남자의 이야기. 미국의 중산 계급에 대한 풍자와 뛰어난 환경 묘사에 성공한 루이스의 최고 걸작!
• 1930년 노벨 문학상

170 이토록 긴 편지
마리아마 바 장편소설 | 백선희 옮김 | 192면
50대 여성 라마툴라이가 친구 아이사투에게 쓴 편지. 일부다처제를 둘러싼 두 여인의 고통과 선택, 새로운 삶에서의 번민을 담아낸 작품
• 1980년 노마상

171 느릅나무 아래 욕망
유진 오닐 희곡 | 손동호 옮김 | 168면
욕정과 물욕, 근친상간과 유아 살해. 욕망에서 비롯된 인간사 갈등의 극단점. 그러나 그 속에서도 아직 꺾이지 않는 사랑에 대한 이야기
• 1936년 노벨 문학상 수상 작가

172 이방인
알베르 카뮈 장편소설 | 김예령 옮김 | 208면
인간의 부조리를 성찰한 작가 알베르 카뮈의 처녀작. 죽음, 자유, 반항, 진실의 심연을 들여다본다
• 1957년 노벨 문학상 수상 작가
• 2002년 노벨 연구소가 선정한 《세계 문학 100대 작품》

173 미라마르
나기브 마푸즈 장편소설 | 허진 옮김 | 288면
아랍 문학계의 큰 별, 나기브 마푸즈가 파고든 두 차례의 혁명, 그 이후
• 1988년 노벨 문학상 수상 작가
• 피터 박스올 《죽기 전에 읽어야 할 1001권의 책》

174 지킬 박사와 하이드 씨
로버트 루이스 스티븐슨 소설선집 | 조영학 옮김 | 320면
인간 내면의 근원을 탐구한 탁월한 심리 묘사가 스티븐슨. 그가 선사하는 다섯 가지 기이한 이야기
• 2004년 《한국 문인이 선호하는 세계 명작 소설 100선》

175 루진
이반 뚜르게네프 장편소설 | 이항재 옮김 | 264면
한 《잉여 인간》의 삶과 죽음을 러시아 문단의 거인 뚜르게네프의 사실적 시선을 통해 엿본다

176 피그말리온
조지 버나드 쇼 희곡 | 김소임 옮김 | 256면
20세기 영국 사회의 허위와 모순에 대한 신랄한 풍자. 셰익스피어 이후 가장 위대한 극작가 조지 버나드 쇼의 대표작
• 1925년 노벨 문학상 수상 작가

177 목로주점 전2권
에밀 졸라 장편소설 | 유기환 옮김 | 각 336면
노동자의 언어로 쓰인 최초의 노동 소설. 19세기를 살아간 노동자의 고달픈 삶, 그 몰락의 연대기
• 피터 박스올 《죽기 전에 읽어야 할 1001권의 책》

179 엠마 전2권
제인 오스틴 장편소설 | 이미애 옮김 | 각 336, 360면
호기심과 오해가 빚어낸 사건들 속에서 완성되는 철부지 엠마의 좌충우돌 성장기
• 2007년 데보라 G. 펠터 《여성의 삶을 바꾼 책 50권》

181 비숍 살인 사건
S. S. 밴 다인 장편소설 | 최인자 옮김 | 464면
추리 소설의 황금시대를 장식한 S. S. 밴 다인의, 시와 문학을 접목시킨 연쇄 살인 사건

182 우신예찬
에라스무스 풍자문 | 김남우 옮김 | 296면
자유로운 세계주의자 에라스무스, 그의 눈에 비친 《웃지 않을 수 없는》 시대의 모습

183 하자르 사전
밀로라드 파비치 장편소설 | 신현철 옮김 | 488면
지중해에 실제로 존재했던 하자르 제국에 대한, 역사와 환상이 교묘하게 뒤섞인 역사 미스터리 사전 소설

184 테스 전2권
토머스 하디 장편소설 | 김문숙 옮김 | 각 392, 336면
옹졸한 인습 속에서도 강인한 생명력과 자연의 회복력을 지닌 순수한 대지의 딸 테스의 삶과 죽음
• 미국 대학 위원회 선정 SAT 추천 도서

186 투명 인간
허버트 조지 웰스 장편소설 | 김석희 옮김 | 288면
SF의 거장 허버트 조지 웰스의 빛나는 상상력. 보이지 않는 인간이 보여 주는, 소외된 인간의 고독
• 미국 대학 위원회 선정 SAT 추천 도서

187 93년 전2권
빅토르 위고 장편소설 | 이형식 옮김 | 각 288, 360면
프랑스 대혁명 당시 가장 치열했던 방데 전투의 종말. 그리고 그곳에서, 사상과 인간성 간의 전쟁이 다시 시작된다

189 젊은 예술가의 초상
제임스 조이스 장편소설 | 성은애 옮김 | 384면

20세기 가장 혁명적인 문학가 제임스 조이스의 자전적 소설. 감수성을 억압하는 사회를 거부하고 예술의 길을 택한 한 소년의 성장기

190 소네트집
윌리엄 셰익스피어 연작시집 | 박우수 옮김 | 200면

아름다운 언어로 사랑과 고통을 그려 낸 소네트 문학의 최고 걸작
- 2009년 『뉴스위크』 선정 〈세계 100대 명저〉

191 메뚜기의 날
너새니얼 웨스트 장편소설 | 김진준 옮김 | 280면

할리우드 뒷골목의 하류 인생들! 그들의 적나라한 모습에서 헛된 꿈에 부푼 인간들의 모습을 본다
- 2009년 『뉴스위크』 선정 〈세계 100대 명저〉

192 나사의 회전
헨리 제임스 중편소설 | 이승은 옮김 | 256면

모호한 암시와 뒤에 숨겨진 반전. 현대 심리 소설의 아버지 헨리 제임스의 대표작
- 미국 대학 위원회 선정 SAT 추천 도서
- 1955년 시카고 대학 〈그레이트 북스〉

193 오셀로
윌리엄 셰익스피어 희곡 | 권오숙 옮김 | 216면

인간의 사랑과 질투, 그리고 의심이라는 감정이 빚어내는 비극

194 소송
프란츠 카프카 장편소설 | 김재혁 옮김 | 376면

난데없는 소송과 운명적 소용돌이에 희생당하는 한 인간을 통해 카프카의 문학적 천재성을 본다
- 2002년 노벨 연구소가 선정한 〈세계 문학 100선〉
- 2005년 『타임』 선정 〈100대 영문 소설〉

195 나의 안토니아
윌라 캐더 장편소설 | 전경자 옮김 | 368면

유토피아를 꿈꾸며 고향을 떠나온 이민자들의 삶. 황량한 초원에서 펼쳐진 그들의 아름다운 순간들
- 2007년 데버라 G. 펠터 〈여성의 삶을 바꾼 책 50권〉

196 자성록
마르쿠스 아우렐리우스 명상록 | 박민수 옮김 | 240면

로마 황제라는 화려함 뒤에 권력보다는 철학과 인간을 사랑했던 고독한 영웅이 있었다. 그의 성찰의 시간들을 엿본다

197 오레스테이아
아이스킬로스 비극 | 두행숙 옮김 | 336면

오레스테스를 중심으로 벌어지는 잔혹한 복수극을 통해 정의란 무엇인지에 대한 질문을 던진다

198 노인과 바다
어니스트 헤밍웨이 소설선집 | 이종인 옮김 | 320면

한 노인과 거대한 물고기의 사투를 통해 삶과 죽음에 대한 고민과 패배하지 않는 인간의 굳건한 의지를 그려 낸다
- 1952년 퓰리처상 수상작
- 1952년 노벨 문학상 수상 작가

199 무기여 잘 있거라
어니스트 헤밍웨이 장편소설 | 이종인 옮김 | 464면

체험에 뿌리를 내린 크나큰 비극. 미국 문학의 거장 헤밍웨이가 〈잃어버린 세대〉의 모습을 담는다
- 『타임』지가 뽑은 〈20세기 100선〉
- 미국 대학 위원회 선정 SAT 추천 도서

200 서푼짜리 오페라
베르톨트 브레히트 희곡선집 | 이은희 옮김 | 320면

이데올로기 속에 갇힌 인간의 모습을 그려 낸 「서푼짜리 오페라」와 「억척어멈과 자식들」을 만난다
- 『뉴욕 타임스』 선정 〈20세기 최고의 책 100선〉

201 리어 왕
윌리엄 셰익스피어 희곡 | 박우수 옮김 | 224면

자신의 정체성을 아는 자 누구인가? 오이디푸스의 후예 리어, 눈 있으되 보지 못하는 자의 고통
- 미국 대학 위원회 선정 SAT 추천 도서
- 2002년 노벨 연구소가 선정한 〈세계문학 100선〉

202 주홍 글자
너새니얼 호손 장편소설 | 곽영미 옮김 | 360면

미국 문학의 시대를 연 호손의 대표작. 가장 통속적인 곳에서 피어난 가장 숭고한 이야기
- 미국 대학 위원회 선정 SAT 추천 도서
- 서울대학교 선정 〈동서 고전 200선〉

203 모히칸족의 최후
제임스 페니모어 쿠퍼 장편소설 | 이나경 옮김 | 512면

자연과 문명, 인디언과 백인, 신화와 역사의 경계를 넘나드는 모히칸 전사의 최후 전투 기록
- 미국 대학 위원회 선정 SAT 추천 도서

204 곤충 극장
카렐 차페크 희곡선집 | 김선형 옮김 | 360면

양차 대전 사이 유럽을 살아간 휴머니스트 카렐 차페크의 치열한 고민. 그러나 위트 넘치는 기록들

205 누구를 위하여 종은 울리나 전2권
어니스트 헤밍웨이 장편소설 | 이종인 옮김 | 각 416, 400면

허무주의에서 평화를 위한 필사의 투쟁으로. 연대를 통한 실천 의식을 역설한 헤밍웨이의 역작
- 1953년 노벨 문학상 수상 작가
- 뉴스위크 선정 세계 100대 명저
- 르몽드 선정 〈20세기 최고의 책〉

207 타르튀프
몰리에르 희곡선집 | 신은영 옮김 | 416면

최고의 희극 배우이자 가장 위대한 극작가 몰리에르, 조롱과 웃음기로 무장한 투쟁의 궤적

- 1955년 시카고 대학 〈그레이트 북스〉
- 서울대학교 선정 〈동서 고전 200선〉

208 유토피아
토머스 모어 소설 | 전경자 옮김 | 288면

르네상스 시대의 휴머니즘과 종교적 관용, 성 평등을 주장한 근대 소설의 효시이자 사회사상서 명저

- 《뉴스위크》 선정 세상을 움직인 100권의 책
- 스탠포드 대학 선정 〈세계의 결정적 책 15권〉

209 인간과 초인
조지 버너드 쇼 희곡 | 이후지 옮김 | 320면

니체의 초인 사상에 큰 영향을 받은 버너드 쇼의 인생관과 예술론이 흥미로운 설정과 극적인 요소와 함께 펼쳐진다

- 1925년 노벨 문학상 수상
- 시카고 대학 그레이트 북스

210 페드르와 이폴리트
장 라신 희곡 | 신정아 옮김 | 200면

프랑스 신고전주의 희곡의 대가 라신의 대표작이자 절념을 다룬 비극의 정수

- 서울대학교 선정 〈동서 고전 200선〉
- 시카고 대학 그레이트 북스

211 말테의 수기
라이너 마리아 릴케 장편소설 | 안문영 옮김 | 320면

고독과 고난에 대한 기록, 20세기 초 독일어로 발표된 최초의 현대 소설이자 릴케의 유일한 장편소설

- 국립중앙도서관 선정 청소년 권장도서 50선
- 서울대학교 선정 〈동서 고전 200선〉

212 등대로
버지니아 울프 장편소설 | 최애리 옮김 | 328면

삶과 죽음, 세월을 바라보는 깊은 눈. 무수한 인상의 단면들을 아름답게 이어 간 울프의 자전적 소설

- 2002년 노벨 연구소가 선정한 〈세계문학 100선〉
- 2005년 『타임』 선정 〈100대 영문 소설〉

213 개의 심장
미하일 불가꼬프 중편소설집 | 정연호 옮김 | 352면

혁명의 모순과 과학의 맹점을 파고든 〈불가꼬프적〉 상상력의 정수

214 모비 딕 전2권
허먼 멜빌 장편소설 | 강수정 옮김 | 각 464, 488면

고래에 관한 모든 것, 전율적인 모험, 자연과 인간에 대한 심오한 통찰을 담은 멜빌의 독보적 걸작

- 1954년 서머싯 몸이 추천한 〈세계 10대 소설〉
- 2002년 노벨 연구소가 선정한 〈세계문학 100선〉

216 더블린 사람들
제임스 조이스 단편소설집 | 이강훈 옮김 | 336면

마비된 도시 더블린에 갇힌 욕망과 환멸. 20세기 문학사를 새롭게 쓴 선구적 작가 제임스 조이스 문학의 출발점

- 2008년 〈하버드 서점〉이 뽑은 잘 팔리는 책 20
- 2004년 〈한국 문인이 선호하는 세계 명작 소설 100선〉

217 마의 산 전3권
토마스 만 장편소설 | 윤순식 옮김 | 각 496, 488, 512면

20세기 독일 문학의 거장 토마스 만 작품의 정수! 죽음이 지배하는 알프스의 호화 요양원 〈베르크호프〉에서 생(生)의 아름다움과 환희를 되묻다

220 비극의 탄생
프리드리히 니체 | 김남우 옮김 | 320면

아폴론과 디오뉘소스라는 두 가지 원리로 희랍 비극의 근원을 분석하고, 서양 문화의 심층 구조를 드러낸다. 20세기 문학, 철학, 예술에 심대한 영향을 끼친 책

221 위대한 유산 전2권
찰스 디킨스 장편소설 | 류경희 옮김 | 각 432, 448면

세상만사를 꿰뚫어보는 깊은 통찰과 풍부한 서사, 유쾌한 해학이 담긴 19세기 대문호 찰스 디킨스의 작품

- 2002년 노벨 연구소가 선정한 〈세계문학 100선〉
- 2007년 영국 독자들이 뽑은 가장 귀중한 책

223 사람은 무엇으로 사는가
레프 똘스또이 소설선집 | 윤새라 옮김 | 464면

1852년부터 1907년까지 13편을 선정해 60년에 이르는 똘스또이 작품 세계의 궤적을 담아낸 단편선

224 자살 클럽
로버트 루이스 스티븐슨 소설선집 | 임종기 옮김 | 272면

인간 내면에 도사린 본질적 탐욕과 이중성, 죄의식과 두려움을 다룬 기묘하고 환상적인 단편선

225 채털리 부인의 연인 전2권
데이비드 허버트 로런스 장편소설 | 이미선 옮김 | 각 336, 328면

20세기 문학계를 뒤흔든 D. H. 로런스의 문제작. 현대 산업 사회에 대한 비판과 인간성 회복에의 염원이 담긴 작품

- 르몽드 선정 〈20세기 최고의 책〉
- 피터 박스올 〈죽기 전에 읽어야 할 1001권의 책〉
- 2004년 〈한국 문인이 선호하는 세계 명작 소설 100선〉

227 데미안
헤르만 헤세 장편소설 | 김인순 옮김 | 264면

혼돈과 자아 상실의 시대를 살아가는 젊은이들에게 시대의 지성 헤세가 바치는 작품

- 1946년 노벨 문학상 수상 작가
- 2004년 〈한국 문인이 선호하는 세계 명작 소설 100선〉

228 두이노의 비가
라이너 마리아 릴케 시 선집 | 손재준 옮김 | 504면

삶 속에서 죽음을 노래한 시인 릴케의 대표 시집 중 엄선된 170여 편의 주요 작품을 소개한 시 선집

- 동아일보 선정 〈세계를 움직인 100권의 책〉
- 고려대학교 선정 〈교양 명저 60선〉

229 페스트
알베르 카뮈 장편소설 | 최윤주 옮김 | 432면

죽음 앞에 선 인간의 고뇌와 역할에 대한 진지한 성찰이 담긴 〈제2차 세계 대전 이후 최대의 걸작〉

- 1957년 노벨 문학상 수상 작가
- 서울대학교 선정 권장 도서 100선
- 국립중앙도서관 선정 청소년 권장 도서 50선

230 여인의 초상 전2권
헨리 제임스 장편소설 | 정상준 옮김 | 각 520, 544면

자유로운 이상을 가진 한 여인의 이야기. 헨리 제임스의 심리적 사실주의를 대표하는 걸작

- 2004년 〈한국 문인이 선호하는 세계 명작 소설 100선〉
- 미국 대학 위원회 선정 SAT 추천 도서
- 서울대학교 선정 〈동서 고전 200선〉

232 성
프란츠 카프카 장편소설 | 이재황 옮김 | 560면

독일인이 뽑은 20세기 최고의 작가 카프카의 3대 장편소설 중 하나

- 2002년 노벨 연구소가 선정한 〈세계 문학 100선〉
- 피터 박스올 〈죽기 전에 읽어야 할 1001권의 책〉

233 차라투스트라는 이렇게 말했다
프리드리히 니체 산문시 | 김인순 옮김 | 464면

니체 철학의 가장 중심적인 사상들을 생동하는 문학적 언어로 녹여 낸 작품

- 국립중앙도서관 선정 고전 100선
- 동아일보 선정 〈세계를 움직이는 100권의 책〉

234 노래의 책
하인리히 하이네 시집 | 이재영 옮김 | 384면

독일을 대표하는 서정 시인이자 혁명적 저널리스트인 하이네의 시집. 실패한 사랑의 슬픔과 인습의 굴레에서 벗어나고자 했던 고아한 시성(詩聖)의 노래

235 변신 이야기
오비디우스 서사시 | 이종인 옮김 | 632면

라틴 문학의 전성기를 대표하는 시인 오비디우스가 그리스 로마 신화를 응집한 역작

- 2002년 노벨 연구소가 선정한 〈세계문학 100선〉
- 서울대학교 권장 도서 100선
- 연세대학교 권장 도서 200선

236 안나 까레니나 전2권
레프 톨스또이 장편소설 | 이명현 옮김 | 각 800, 736면

사랑과 결혼, 가정 등 일상적인 소재를 통해 당대 러시아의 혼란한 사회상과 개인의 내면을 생생하게 묘사한, 똘스또이의 모든 고민을 집대성한 대표작

- 『가디언』 선정 역대 최고의 소설 100선
- 서울대학교 권장 도서 100선

238 이반 일리치의 죽음·광인의 수기
레프 톨스또이 장편소설 | 석영중·정지원 옮김 | 232면

죽음 앞에 선 인간 실존에 대한 똘스또이의 깊은 성찰이 담긴 걸작

- 시카고 대학 그레이트 북스
- 피터 박스올 〈죽기 전에 읽어야 할 1001권의 책〉

239 수레바퀴 아래서
헤르만 헤세 장편소설 | 강명순 옮김 | 232면

모순적인 교육 제도에 짓눌린 안타까운 청춘의 이야기. 헤세의 사춘기 시절 체험이 담긴 자전적 성장 소설

- 1946년 노벨 문학상 수상 작가
- 서울대학교 선정 동서 고전 200선

240 피터 팬
J. M. 배리 장편소설 | 최용준 옮김 | 272면

영원히 어른이 되고 싶지 않은 소년 피터팬. 신비의 섬 네버랜드에서 펼쳐지는 짜릿한 대모험

- 『가디언』 선정 〈모두가 읽어야 할 소설 1000선〉

241 정글 북
러디어드 키플링 중단편집 | 오숙은 옮김 | 272면

늑대 품에서 자란 소년 모글리, 대지가 살아 숨 쉬는 일곱 개의 빛나는 중단편들

- 1907년 노벨 문학상 수상 작가
- BBC 선정 아동 고전 소설

242 한여름 밤의 꿈
윌리엄 셰익스피어 희곡 | 박우수 옮김 | 160면

셰익스피어의 대표 낭만 희극. 꿈과 현실을 넘나드는 한바탕의 마법 같은 이야기

- 미국 대학 위원회 선정 SAT 추천 도서

243 좁은 문
앙드레 지드 | 김화영 옮김 | 264면

지상보다 천상의 행복을 사랑한 여인과, 그 여인을 사랑한 한 남자의 이야기. 현대 프랑스 문학의 거장 앙드레 지드의 대표작

- 1947년 노벨 문학상 수상 작가
- 2003년 국립중앙도서관 선정 〈고전 100선〉

244 모리스
E. M. 포스터 장편소설 | 고정아 옮김 | 408면

영국 중산층의 한 젊은이가 자신의 성적 정체성을 찾아가는 과정을 그린 소설

245 브라운 신부의 순진
길버트 키스 체스터턴 단편집 | 이상원 옮김 | 336면

추리 문학계의 전설로 손꼽히는 매력적인 성직자 탐정 브라운 신부의 놀라운 활약상. 추리 문학의 거장 체스터턴의 대표 단편집

246 각성
케이트 쇼팽 장편소설 | 한애경 옮김 | 272면

오롯이 〈자기 자신〉으로 살기 원했던 한 여성의 이야기. 선구적 페미니즘 작가 케이트 쇼팽의 대표작

247 뷔히너 전집
게오르크 뷔히너 지음 | 박종대 옮김 | 400면

독일 현대극의 선구자가 된 천재 작가 게오르크 뷔히너. 「당통의 죽음」, 「보이체크」 등 그가 남긴 모든 문학 작품을 한 권에 수록한 전집

248 디미트리오스의 가면
에릭 앰블러 장편소설 | 최용준 옮김 | 424면

〈스파이 소설의 최고 걸작〉으로 평가받는, 현대 스파이 소설의 아버지 에릭 앰블러의 대표작

249 베르가모의 페스트 외
엔스 페테르 야콥센 중단편 전집 | 박종대 옮김 | 208면

페스트가 이탈리아 북부를 휩쓸자 절망에 빠진 시민들은 타락하기 시작한다. 덴마크 작가 야콥센의 걸작 중단편집

250 폭풍우
윌리엄 셰익스피어 희곡 | 박우수 옮김 | 176면

폭풍우로 외딴 섬에 난파한 기묘한 인연의 사람들. 사랑과 복수, 용서가 뒤섞인 환상적인 이야기

251 어셴든, 영국 정보부 요원
서머싯 몸 연작 소설집 | 이민아 옮김 | 416면

서머싯 몸이 자신의 실제 스파이 경험을 토대로 쓴 연작 소설집. 현대 스파이 소설의 원조이자 고전이 된 걸작

252 기나긴 이별
레이먼드 챈들러 장편소설 | 김진준 옮김 | 600면

하드보일드 소설의 대표 고전. 레이먼드 챈들러가 창조한 전설적인 탐정 필립 말로의 활약을 담은 대표작

- 1955년 에드거상 수상작

253 인도로 가는 길
E. M. 포스터 장편소설 | 민승남 옮김 | 552면

인도 의사 아지즈는 영국 여성을 추행한 혐의로 체포된다. 결백을 호소하지만 빠져나올 길이 보이지 않는데…… 영국 식민 통치의 모순을 파헤친 E. M. 포스터의 대표작

- 『타임』 선정 〈현대 100대 영문 소설〉
- 모던 라이브러리 선정 〈20세기 영문 소설 100선〉
- 1924년 제임스 테이트 블랙 기념상 수상
- 1925년 페미나상 수상

254 올랜도
버지니아 울프 장편소설 | 이미애 옮김 | 376면

남성에서 여성이 되어 수백 년을 살아온 한 시인의 놀라운 일대기. 버지니아 울프의 걸작 환상 소설

- 피터 빅솔 〈죽기 전에 읽어야 할 1001권의 책〉
- BBC 선정 〈우리 세계를 형성한 100권의 소설〉

255 시지프 신화
알베르 카뮈 지음 | 박언주 옮김 | 264면

카뮈의 부조리 사상의 정수를 담은 대표 철학 에세이. 철학적인 명징함과 문학적 감수성을 두루 갖춘 걸작

- 1967년 노벨 문학상 수상 작가
- 고려대학교 선정 교양 명저 60선

256 조지 오웰 산문선
조지 오웰 지음 | 허진 옮김 | 424면

조지 오웰의 명징한 통찰과 사유를 보여 주는 빼어난 에세이들을 엄선한 선집

257 로미오와 줄리엣
윌리엄 셰익스피어 희곡 | 도해자 옮김 | 200면

증오 속에서 태어나 죽음을 넘어서는 불멸의 사랑. 셰익스피어가 창조한 가장 유명한 사랑의 비극

258 수용소군도 전6권
알렉산드르 솔제니찐 기록문학 | 김학수 옮김 | 각 460면 내외

20세기 최고의 고발 문학이자 세계적인 휴먼 다큐멘터리

- 1970년 노벨 문학상
- 『타임』지가 뽑은 〈20세기 100선〉

264 스웨덴 기사
레오 페루츠 장편소설 | 강명순 옮김 | 336면

운명처럼 얽혀 신분이 뒤바뀐 도둑과 귀족의 파란만장한 이야기. 독일어권 문학의 거장 레오 페루츠의 걸작 환상 소설

265 유리 열쇠
대실 해밋 장편소설 | 홍성영 옮김 | 328면

대실 해밋이 자신의 최고 걸작으로 꼽은 작품. 인간의 욕망과 비정한 정치의 이면을 드러내는 하드보일드 범죄 소설

266 로드 짐
조지프 콘래드 장편소설 | 최용준 옮김 | 608면

침몰하는 배와 승객을 버리고 도망친 한 선원의 파멸과 방황, 모험을 그린 걸작. 영국 문학의 거장 조지프 콘래드의 대표 장편소설

- 모던 라이브러리 선정 〈20세기 영문 소설 100선〉
- 르몽드 선정 〈20세기 최고의 책〉

267 푸코의 진자 전3권
움베르토 에코 장편소설 | 이윤기 옮김 | 각 392, 384, 416면

성전 기사단의 수수께끼를 컴퓨터로 풀어 보려던 편집자들에게 이상한 일들이 일어난다. 광신과 음모론의 극한을 보여 주는 에코의 대표작

270 공포로의 여행
에릭 앰블러 장편소설 | 최용준 옮김 | 376면

전쟁 중 한 엔지니어의 생사를 둘러싸고 벌어지는 각국의 숨 막히는 첩보전. 현대 스파이 소설의 아버지 에릭 앰블러의 걸작

271 심판의 날의 거장
레오 페루츠 장편소설 | 신동화 옮김 | 264면

유명 배우의 의문의 죽음, 그리고 수수께끼의 연쇄 자살 사건의 비밀. 독일어권 문학의 거장 레오 페루츠의 대표작

272 에드거 앨런 포 단편선
에드거 앨런 포 지음 | 최용준 옮김 | 392면

환상 문학과 미스터리 문학의 선구자 에드거 앨런 포의 대표 작품 12편을 엄선한 단편집

- 미국 대학 위원회 선정 SAT 추천 도서
- 2002년 노벨 연구소가 선정한 〈세계문학 100선〉
- 2004년 〈한국 문인이 선호하는 세계 명작 소설 100선〉

273 수전노 외
몰리에르 희곡선집 | 신정아 옮김 | 424면

천재 극작가이자 희극 배우 몰리에르, 고전 희극을 완성한 그의 대표적 문제작들

- 고려대학교 선정 〈교양 명저 60선〉
- 클리프턴 패디먼 《일생의 독서 계획》

274 모파상 단편선
기 드 모파상 지음 | 임미경 옮김 | 400면

세계문학사상 가장 위대한 단편 작가 중 하나인 기 드 모파상. 속되고도 아름다운 삶의 면면을 날카롭게 포착하는 그의 걸작 단편들

275 평범한 인생
카렐 차페크 장편소설 | 송순섭 옮김 | 280면

죽음을 앞두고 진정한 자신들을 만난 한 남자의 이야기. 체코 문학의 길을 낸 20세기 최고의 이야기꾼 차페크의 걸작

276 마음
나쓰메 소세키 장편소설 | 양윤옥 옮김 | 344면

정교한 언어로 길어 올린 인간 내면의 연약한 심연. 일본의 국민 작가 나쓰메 소세키 문학의 정수

- 서울대학교 권장 도서 100선
- 피터 박스올 《죽기 전에 읽어야 할 1001권의 책》

277 인간 실격·사양
다자이 오사무 소설집 | 김난주 옮김 | 336면

일본 데카당스 문학의 기수 다자이 오사무. 그가 생의 마지막 불꽃을 태워 완성한 두 편의 대표작

278 작은 아씨들 전2권
루이자 메이 올컷 장편소설 | 허진 옮김 | 각 408, 464면

세상의 모든 딸들을 위한 걸작. 저마다 다른 개성으로 빛나는 네 자매의 성장 소설

- 〈타임〉지 선정 〈100대 영문 소설〉
- 미국 전국 교육 협회 선정 〈교사를 위한 100대 도서〉

280 고함과 분노
윌리엄 포크너 장편소설 | 윤교찬 옮김 | 520면

현대 미국 문학의 거장이자 노벨 문학상 수상 작가 윌리엄 포크너의 가장 강렬한 대표작

- 1949년 노벨 문학상 수상 작가
- 미국 대학 위원회 선정 SAT 추천 도서

281 신화의 시대
토머스 불핀치 신화집 | 박중서 옮김 | 664면

서양 문화의 근간이 되는 그리스 로마 신화를 집대성한 최고의 역작

- 서울대학교 권장 도서 100선
- 한국 문인이 선호하는 세계 명작 소설 100선